何建明文集

卷二十

中国龙

何建明 著

新世界出版社
NEW WORLD PRESS

图书在版编目（CIP）数据

中国龙 / 何建明著 . -- 北京 : 新世界出版社，
2018.3
（何建明文集 ; 20）
ISBN 978-7-5104-6365-5

Ⅰ. ①中… Ⅱ. ①何… Ⅲ. ①报告文学－中国－当代
Ⅳ. ① I25

中国版本图书馆 CIP 数据核字 (2017) 第 197756 号

中国龙

作　　者 : 何建明
特邀丛书编辑 : 韩小群
责任编辑 : 董晶晶
责任校对 : 宣　慧
责任印制 : 王宝根　苏爱玲
出版发行 : 新世界出版社
社　　址 : 北京西城区百万庄大街 24 号（100037）
发 行 部 :（010）6899 5968（010）6899 8705（传真）
总 编 室 :（010）6899 5424（010）6832 6679（传真）
http://www.nwp.cn
http://www.nwp.com.cn
版 权 部 : +8610 6899 6306
版权部电子信箱 : nwpcd@sina.com
印　　刷 : 北京京华虎彩印刷有限公司
经　　销 : 新华书店
开　　本 : 710mm × 1000mm　1/16
字　　数 : 230 千字　　印　　张 : 14.25
版　　次 : 2018 年 3 月第 1 版　2018 年 3 月第 1 次印刷
书　　号 : ISBN 978-7-5104-6365-5
定　　价 : 38.00 元

1978年——中国改革开放启幕

1978年——我的文学生涯开始

庆幸，我的命运与时代、与祖国同行。还有一份安慰：当我离开这个世界时，有人可以从我的文字里触摸到中国今天的脉搏是如何跳动的……

何建明

重要创作历程及个人成就

1978 年	创作第一篇中篇散文《湘西探险记》
1980 年	发表第一篇报告文学《腾飞吧，苍龙》
1982 年	创作第一部军事题材小说《第二道战壕》
1986 年	出版第一部报告文学作品集《缉私大王》
1988 年	出版第一部长篇小说《东方毒蛇》
1989 年	由同名作品改编的电影剧本《西行囚车》被搬上银幕，此片获珠江电影制片厂优秀故事片奖
1990 年	第一次获中华宝石文学奖
1993 年	任文学杂志《新生界》主编
1993 年	发表第一部长篇报告文学《野性的黑潮》
1994 年	第一次成为《青年文学》封面人物
1995 年	《共和国告急》出版，此后获第一届鲁迅文学奖
1995 年	《科学大师的名利场》发表
1998 年	《落泪是金》发表，此后获第二届鲁迅文学奖、第一届徐迟报告文学奖、中国改革开放优秀报告文学奖
2000 年	《中国高考报告》出版，此后获第一届正泰杯全国报告文学奖
2001 年	《中国高考报告》被日本、澳大利亚翻译出版
2002 年	《根本利益》发表，此后获第二届徐迟报告文学奖、人民文学奖特等奖、第六届国家图书奖提名奖、第二届正泰杯全国报告文学奖，入选中宣部推荐的党的十五大献礼书目
2002 年	《国家行动：三峡大移民》出版，此后获中宣部第九届“五个一工程”奖，入选中宣部推荐的党的十六大献礼书目

2003 年　《北京保卫战》发表，获《文汇报》优秀作品奖

2003 年　完成电影剧本《廊桥悠悠》创作（此为与谢晋导演合作项目）

2004 年　由《根本利益》改编的电影《信天游》上映

2004 年　《永远的红树林》发表，此后获第四届正泰杯全国报告文学奖

2005 年　《李琬若：从中国留学生到美国市长》出版，并被美国翻译出版

2005 年　获国务院授予的“全国劳动模范”称号

2005 年　任《中国作家》杂志主编

2006 年　《男人的美丽男人的梦》出版

2007 年　散文《父亲的体温》入选中学课本及教辅资料

2007 年　《部长与国家》获第四届鲁迅文学奖、第三届徐迟报告文学奖荣誉奖

2008 年　《生命第一——5·12 大地震现场纪实》出版，此后获第二届“中华优秀出版物”奖、第四届徐迟报告文学奖

2008 年　任作家出版社社长

2008 年　荣获“全国新闻出版行业领军人才”称号

2008 年　根据《国家行动》改编的同名电视连续剧在央视播出

2009 年　任中国作家协会党组成员、书记处书记，中国作家出版集团党委书记、管委会主任

2009 年　《国家行动》电视连续剧获中宣部第十一届“五个一工程”奖

2009 年　《我的天堂》出版，获中宣部第十一届“五个一工程”奖

2009 年　《永远的红树林》获新中国六十年优秀中短篇报告文学奖

2009 年　获中华全国总工会“时代领跑者——新中国成立以来最具影响的劳动模范”评选活动提名奖

2010 年　根据《部长与国家》改编的电视连续剧《奠基者》在央视黄金时段播出，此后获中宣部第十二届“五个一工程”奖

2010 年　《忠诚与背叛：告诉你一个真实的红岩》出版，此后获中宣部第十二届“五个一工程”奖、第三届中国出版政府奖，入选“2013 年全国青少年推荐阅读的优秀书目”

2010 年　任中国作家协会副主席至今

2011 年　《国家——2011・中国外交史上的空前行动》出版，后获人民文学奖特等奖，入选“2012 年中国报告文学优秀作品排行榜”、中宣部推荐的党的十八大献礼书目

2012 年　《三牛风波》出版，荣登北京图书大厦畅销书排行榜

2012 年　任中华文学基金会理事长至今

2012 年　当选中国报告文学学会理事长至今

2014 年　《南京大屠杀全纪实》出版，此后获第四届中国出版政府奖、人民文学奖特等奖

2015 年　获亚洲品牌协会“中国文化品牌新领军人物”荣誉

2015 年　《真假之间》发表

2016 年　《爆炸现场》出版，获中国出版集团优秀销售奖，入选“2016 年中国报告文学优秀作品排行榜”

2017 年　《死亡征战》出版，被英国、法国翻译出版

2017 年　《那山，那水》发表

（截至 2017 年 9 月）

目 录

东方神话

一片古老的土地。

一片传奇的土地。

一片从古到今播种着神话的土地。

这片土地上有座山叫羽山。它的大名可以从中国最早的由竹简记载的史书中找到。一旦你阅读了它，你就会感到它的每一块岩石、每一条裂缝都如中华民族的历史与文化的标点符号，有一种悲怆的深沉与激昂。传说上古尧舜时，天下洪水泛滥，庶民生计险恶，尧帝派大臣鲧治水。鲧受命后，偷得玉皇大帝的一件宝物——息壤来打埝堵水，整日带人到处打埝。然大洪面前，鲧的这种筑坝拦水方法终不见效。天帝知后大怒，令火神祝融到羽山“殛鲧”(殛即杀)。辛苦了一辈子的鲧眼望苍天，欲哭无泪。火神的“殛鲧剑”锋利无比，杀鲧前他挥手试剑，“唰唰”，只见三道寒光过后，便听羽山顶上一块最大的巨石“嘎叭叭”响起，大石头顿时齐崭崭地裂出三道缝。如今，“三缝石”屹立于羽山东头，十里外可见。屈死的鲧躺在羽山上三年不腐。天帝闻后又令天神手执“吴刀”将鲧尸剖开，那宝刀刚刚落下，只见一条虬龙从鲧腹中腾空而起。此虬龙就是后来被人誉为“中华民族治水先祖”的大禹。

东海是大禹的诞生地，大禹比西方的耶稣还早生了两千多年。东海大贤庄古人类遗址与北京周口店、山东大汶口齐名，证明我们的祖先在旧石器时代就在此生存、繁衍。羽山太古老，又太年轻。

它西南部脚下有一处温泉被《后汉书·郡国志》谓之“羽泉”。古人很浪漫地这样记载，说羽山深处有一幽洞，藏着东海龙王第九子小黑龙，小黑龙生性骄横，经常兴风作浪。一日，小黑龙出山，看中了莲子村一位美丽而善良的姑娘，便想娶她为妻。姑娘叫汤姑，已与钟情的渔家小伙子海娃结为百年之好。小黑龙恼羞成怒，向龙王爷借得天兵天将把正在海里打鱼的海娃卷入海底后，又口喷恶雨。四邻百姓淋得此雨后无不浑身生疮长疥，流脓淌血。好心的汤姑把失去亲人的痛苦埋在心底，不分日夜上山采药，为众乡亲医苦治疾。一日，劳累过度的汤姑倒在山石下，梦见白发苍苍的祖母手持药瓶在呼叫她的名字，当汤姑上前搂抱自己的奶奶时，不慎失足于泥塘。醒来时，汤姑只见手中的药瓶，却不见了奶奶，于是痛哭不止，泪水溢满了药瓶，不想瓶子里咕咕冒出的水竟是一股热泉，越冒越多。而当泉水热腾腾涌出时，一阵清风吹来，汤姑顿时飘然而去。于是，东海的羽山脚下，从此有了一处“冬夏如汤”的温泉。唐朝初年，唐王李世民东征路经此地，因这里地温水暖、青草茂盛，他的火龙驹贪草而至，不慎陷入池沼淤泥。幸亏白袍卫将薛仁贵赶来用丈八银枪将唐王连人带马挑了出来。李世民见火龙驹四条腿和腹处的毛脱得光光，心中惊疑，便伸手朝里一试。“哟，此乃温水河也！”唐王欣喜不已，立马御笔写下“温水河”三个大字。后人将此刻碑立志。“温水河”如今已变成了一座美丽而现代化的温泉镇，其名声远近皆知。

当火龙驹驮着唐王来到东海时，唐王实在只能算个小字辈。那是因为在这四五个世纪之前，李世民最崇拜的先师、中国古代大军事家孙膑也在这片土地上声名大噪。

那是君子与小人之间的一段恩仇记。当时的孙膑与魏国军师庞涓都是鬼谷子的学生，两人各执军权保主卫国。庞涓为人高傲且凶残狡诈，他忌妒孙膑熟读兵法，有摆兵布阵的超人谋略，便不顾昔日友情，用计将孙膑引至魏国而刖足黥面。幸得孙膑诈疯过市才逃回齐国。在围魏救赵、伐魏援韩之战中，孙膑跪于战马之上，采用增兵减灶计谋引庞涓上钩，终于在马陵道将敌军全歼，庞涓也自尽于卸甲营的独龙涧……今天，当我们站在羽山之上，向西望去，连绵数十里的马陵道犹如起伏的城屏，垒嵌在东海县的西部界地。

东海，有太多的传说、太多的故事、太多的诱惑：

踏一足土地，可知圣人孔子登山望海之情怀；

叩一块石碑，可忆秦皇东隅海关城池之诗文；

唤一声山谷，可听陶渊明探胜石榴村之幽趣；

掬一拳清风，亦可闻听吴承恩遨游东海龙宫之朗朗笑声……

几乎中国所有的名著中的记载与传说，在东海这块土地上都可以找到它的历史印迹。然而，我们此次采访的主要目的却是这里的水晶及水晶市场。

东海的水晶是全中国、全世界最好的水晶。

东海的水晶市场是全中国、全世界最大的水晶市场。

世上有许多东西可以吸引人。

鲜花可以吸引人。

黄金可以吸引人。

除非让我笑你是外行，否则你能说那洁净如冰、通体透明、璀璨无瑕的水晶不比黄金和鲜花更吸引人？

其实，不用你的答案，如果你有幸像我们一样到东海走一趟，你同样会发出如此的感叹：东海太迷人，东海的水晶是个神话世界，绝无仅有。

第一章　天方夜谭

我相信东海的神话不是神话，而是它确确实实存在过，或者历史上曾经有过多次不同寻常的记载。

接待我的县委宣传部部长李景成同志是本地人，他从小就在羽山脚下长大。那大禹的传说、宋江的故事、水晶宫的奇境……他如数家珍般地给我讲述，令我激动和陶醉不已。我们相约，有朝一日，一起把东海土地上的每一块有历史的岩石和流传于民间的故事编著成书，那定是中华民族文化中又一奇葩。

神话与故事毕竟是一种传说，对我这样一个从千里之外来的作家来说，仅仅凭耳闻言传总有不满足和疑惑。李部长领悟后，第二天便安排副部长胡秀钺先生领我们探故访民去了。

我最想证实的是我们中华民族远古的祖先的足迹。我提出到羽山，因为我要证实东海人给我讲的所有神话（包括昨天与今天的）的“真实性”，我渴望证实杀害大禹父亲鲧处的那块被劈开的“三缝石”。

那是个清凉的夏日，我们驱车来到羽山西麓的禹山村。羽山其实并不雄伟，它的主峰才 269.5 米高，整个山体长也不足 2 公里，但当我站在它的面前时，一种历史与远古的凝重感，使我感觉它似一道巨大的屏障矗立于天地之间。

为了满足我们的好奇心，胡部长领着我们从西麓向东麓步步攀去，仿佛怕遗漏任何一个细枝末节。

“看，‘三缝石’！”驻足东翼，胡部长突然叫起来。

喔，好高呀！在我们的面前，只见一座足有三层楼高的巨石巍然屹立于山顶。抬头仰望，只见巨石中间透出三条缝隙，那石缝之间的石壁确实犹如刀劈一般齐崭崭地自上而下，几乎垂直于地面……这就是鲧的罹难处与大禹的诞生地！

抚摸着“三缝石”，我感觉似乎是在抚摸祖先的躯体，而且似乎感觉到微微的脉搏跳动及身躯的温度。

“三缝石”给了我此次东海之行的充实感，于是我断定在东海这块土地上昨天与今天所发生的一切神话与传说都是真实可信的。

我开始相信这样的传说！

当地人说，东海的水晶最早是由住在牛山西南城头的赵二发现的。那年除夕，赵二回家过年路过海州城，他见城门前有个老太破衣烂衫，躺在地上。赵二出于怜悯，便把自己一年辛勤劳作所挣的银两送给了老太一半，接着匆匆赶路回家。走着走着，天色已晚，忽见一只闪着亮光的白火球飘荡而至，把前方的路照得通明。赵二惊奇地跟着引路火球走到离家不远的牛山脚下。突然，他猛见火球抖动几下，闪光中似乎觉得有个人影向他颔首致谢，没待看清真相，那火球已一头扎进土中。回家后，赵二便与家人和众乡亲谈起方才夜路上的奇遇。村上人惊喜地称他碰到了仙人。乡亲们按照赵二所指地点刨挖，以探个究竟。果然工夫不大，就挖出一块清澈透明、晶莹如玉的石头——就是我们现在说的水晶。原来，赵二遇见的那个老太本是天庭间的水晶仙子所变，她在下凡察看民情时碰到了好心人赵二，于是便摘下一颗水晶珠为他引路回家。打这以后，乡亲们都知晓牛山周围有水晶，而赵二所在的曲阳乡更是水晶遍地。

不过，关于东海盛产水晶的另一种说法更让人神往。

据说牛山有头神牛，早先牛山脚下有个种瓜的老汉就见过一回。

这老汉种了一辈子西瓜，他种的西瓜又大又甜。这年春旱特别严重，牛山四周的土地都干裂了。瓜老汉种了5亩西瓜，尽管他每天从东海挑回水来浇地育瓜，可到头来还是只保住了一棵瓜苗。这棵瓜苗后来结了一个大西瓜。瓜老汉十分珍惜，专门搭了个草棚护着西瓜，并且日夜守卫。

这天晌午，瓜老汉正在瓜地，忽听身后奸腔传来："嘿嘿，好宝贝呀！"原来是邻村的大财主"烂膏药"在嚷嚷："瓜老头，这瓜多少钱一斤？"瓜老汉怕被"烂膏药"黏着，便回敬道："怕你买不起。再说，瓜还没有熟呢！""烂膏药"一听连脖子都直了："我买不起一个西瓜？笑话。谁不知我的银子多得高过牛山！这个瓜我买定了。你尽管说，多少钱？！"瓜老汉随口说道："一斤黄金一斤西瓜。""烂膏药"冷笑一声："有价就好办！说定了，9天后，我们一手交钱一手交瓜，不许反悔！""烂膏药"一心想着得到这个奇珍异宝后到皇帝那儿讨个一官半职。

这下瓜老汉可犯难了，左想右想没想出个保全西瓜的法子来。到了第八天晚上，他守着西瓜正发愁时，只听"哞"的一声牛叫，接着便听到牛在说话："瓜爷爷，我是牛山的神牛，你快来救救我！"瓜老汉觉得奇怪，问："牛儿，你在哪里呀，怎么看不见你啊？"牛说："我在你这西瓜肚里。天旱，我渴急了就钻到西瓜肚里喝汁，没想到撑得没法出来了。""那我怎么救你呢？""你趁早把西瓜打开，放我出去，不然等坏蛋来后就迟了。另外你万万不可把西瓜卖给那坏蛋，他若进贡给皇上，牛山就没宝啦！""好的！"瓜老汉听了这番话后，没半点犹豫。就在这时，"烂膏药"带着一伙家丁如虎狼般地窜到了瓜地。瓜老汉举起刀朝西瓜上砍去。"轰隆"一声巨响，只见一道金光从瓜里射出，照亮了半边夜空，整个牛山光芒闪烁。随金光跃出的是一头晶牛，它的后面还拉着个晶磙子，晶明透亮，冰雕玉琢一般。神牛见老汉立即跪倒磕头："瓜爷爷，你这地里有晶豆子，收吧！"瓜老汉担心"烂膏药"见了神牛起邪念，赶忙扶起神牛催促道："你赶快跑吧！”

“哈哈哈，买西瓜外加一头晶牛！”这时，“烂膏药”已经赶到，他见到晶牛后大喜，喝令家丁道，“牛怕三撑，快散开拦住！逮晶牛，得晶磙子，收晶豆，我们要发大财啦！”一伙恶棍将晶牛团团围住，晶牛向东跑，他们就追到东；晶牛向西突，他们就奔西去。晶牛拉晶磙子到哪里，哪里就遍地晶光闪烁。眼瞅着晶牛左冲右闯出不了重围，瓜老汉急了，朝牛屁股上就“咚”的掴了一刀：“快走！”晶牛“哞”的一声吼，负痛而腾空跃起，那前蹄正踢在“烂膏药”的胸口，财主当场一命呜呼。晶牛则朝牛山飞去。只见牛山金光一闪，炸出一道石缝将晶牛裹入山腹后便恢复了原状。

“烂膏药”死了，晶牛也走了。瓜老汉定神看看瓜地，见到处是点点亮火在蹦跳。他找来锹镐一挖，竟都是些亮晶晶的石头。乡亲们知道了自己脚踩的土地下埋着值钱的水晶，便都来挖了，挖呀挖呀，从此这里的人祖祖辈辈挖水晶，东海也因此成为闻名于世的“水晶之乡”。

我问当地的老乡，这两则关于水晶的故事是神话传说吧？老乡们总是一脸正色地回答道：“怎么会呢？我们东海人从来不说假话，不做假事。打祖先赵二和瓜老汉起，我们这里的人一代一代地挖水晶，没停过。信不信，你上北京的中国地质博物馆看看，那儿有我们东海人挖出的一块世界第一大的‘水晶之王’。还有，我们的县城就建在牛山镇上……”

东海老乡们的话让我没法不信。今日的东海县城，确实就在牛山镇上。牛山虽然没有见到，可那匹神牛，至今依旧威武挺立在县城东头，仿佛向每一位过路的人诉说着东海的昨天与今天。至于那块东海人引以为豪的“水晶之王”，确确实实存放在距我办公大院不足百米的中国地质博物馆内。为了验证此篇报告文学中所涉及的材料与关于从东海带回的水晶的神话的可信性，我特意来到中国地质博物馆拜谒了那块高约2米、重约3.5吨的“水晶之王”。当抚摸着通体透明、光芒四射的这位水晶“巨人”时，我心中仅存的一丝疑虑顿时烟消云散——东海水晶的神话，让你不能不相信它是真实和迷人的。

关于东海的水晶，按照科学的说法，也有几百年的历史。第一个把水晶与东海联系起来的人不是科学家，也不是地质学家，而是大文学家吴承恩。他的《西游记》里把东海龙王的皇室安在水晶宫，绝不是臆想的创作。吴承恩是淮安人，据考证他在东海一带生活过，知道这里出产水晶。又见清初康熙年间编修的《江南通志》上，已有“牛山，在海州西南七十里产水晶石”的记载。可见，古人对东海水晶早已有很深的情感。但应该说，东海水晶真正进入神话世界，还是在中华人民共和国成立之后。

我们有幸来到探明东海水晶成因与储量的江苏地质六队采访。谈起水晶，曾任过江苏省水晶收购站站长、现任六队副队长的陈建康先生的话便特多。他介绍，经过地质部门几十年的艰苦细致的调查，发现东海县境内有300余条巨大的石英脉（水晶石的母体），其分布面积达数百平方公里，预测储量在500万吨左右。由此可见，形容东海“遍地水晶”并不夸张。目前这里的水晶年开采量达500吨，占全国水晶产量的一半以上。东海丰富的地下储量与年开采量奠定了它在中国乃至世界水晶王国的地位。不仅如此，这里产的水晶质地优良、结构稳定，杂质含量居中外水晶之最低位，而在标志水晶质地精美的二氧化硅含量上，东海水晶更是独占鳌头，达99.99%。人无完人，金无足赤，但东海水晶的质地简直到了完美无瑕的境地，为世上所罕见。

上帝造福于东海人，东海人让上帝啧啧叫绝。

那是1958年7月中旬的事。房山镇柘塘村干部苗福青瞅准了酷暑天里一段农闲的机会，领着村里的30人组成了一个“挖石头”副业队，在“大坟头”开镐掘地。苦战一个多月，也数不清挖了多少方土，忽有一天，他们在离地面5米深的地方，挖到了“石龙”，这是当地有经验的人对孕育水晶的石英脉的爱称。“有仙！”汉子们好不兴奋，于是30人的队伍变成了300人的大军……“找到啦！找到晶子啦！”“是块大晶子！大晶子！”村民们围着河塘一般的大坑，欣喜若狂。那晶子太大，民兵连长建议用炸药炸。于是，东西一条线，凿了三个炮眼。“轰——轰！”只响了两炮，唯独中间那炮没响——老天有眼，倘若这炮一响，中国地质博物馆的那块世界之最的“水晶之王”就不会再有了。大泥坑里的硝烟未尽，村民们哗啦扑到碎成万千块的水晶堆上，七手八脚地搬运“宝贝”。鸡蛋、巴掌大的就不说了，光10斤到100斤之间的晶块就有1000多块，200来斤的有3块，500～1000斤重的有6块，2000来斤重的有3块。而站在泥土里昂首挺立的那块高约2米、宽达1米的“巨人”却岿然不动。这事惊动了公社、县委，干部们带着公安、记者、民工不下千人，前来助战。当时没有起重机，如此庞然大物怎么吊离地面呢？有人建议把大坑的一侧削成斜坡，垫上一排大木头，再在大木头上铺一层大葱以做润滑，然后用大铁丝粗绳往上拉。“哎——哟！”由200多名年轻力壮的汉子组成的拉纤队在县委领导的指挥下，齐心协力，最后，终于把这块稀世之宝吊离地面。

“啧啧，好大呀！怕是晶牛的化身吧！”里三层外三层的围观群众发出阵阵赞叹声。

“这么大的宝贝可咋办呀？”有人面对闪闪发光的“巨人”不知如何是好。

“送北京去，献给毛主席！”柘塘农业社的一位老佃农激动地高喊道。

“对呀，献给毛主席！”几乎在场的所有人都异口同声地赞同道。

怎么献呢？众人一时没主意。还是县委的一名干部聪明：“先拍几张照片，然后寄给毛主席。”

“行，就这么办！”县领导当场拍板。

于是，一份关于东海出土大水晶的报告与实物照片就在几天后寄到了北京中南海。

在柘塘村的大水晶发掘地，几十名基干民兵手持钢枪神圣地守护着即将献给伟大领袖的礼物。

这是8月下旬的某日下午2时许，中南海菊香书屋正在值班的卫士长李银桥听到一声电铃响起，便迅速地走进毛泽东卧室。

“银桥，你先来看看这个。”斜靠在床头的毛泽东拿着几张照片，招呼跟随了十多年的贴身卫士。

李银桥“嗯”了一声，便凑过去一看：“一块大石头。”

“仔细看看，它跟其他石头有什么不同？”毛泽东说。

“嗯——这块石头有点怪，好像它的截面都是菱形的。”李银桥左看右看道。

毛泽东笑了：“这是一种矿石，叫水晶石。”

“它有什么用呀？”

“用处可大啦！上天的飞船、下海的潜艇都用得着。它还能做水晶眼镜、水晶首饰。对了，去年我们到莫斯科访问，你不是也见到了列宁的灵柩吗，那就是用水晶做的。”毛泽东的一番话，使李银桥不由得再一次拿过照片细细看了起来。

“这么大的宝贝哪儿挖出来的？”他问。

“东海，江苏的东海县，那儿产水晶。”毛泽东拿起照片，凝视片刻后，感慨道，“我们国家地大物博，储孕着许多宝藏。这些宝藏一旦开发出来，我们的国家会更强大，人民会更富裕。”

这一天，毛泽东又吩咐秘书将东海的照片与有关材料转送给周总理，指出要保护好这一稀世之宝。后来，在地质部部长李四光及党组书记何长工的亲自过问下，有关部门与东海县取得联系后，东海的这块“水晶之王”被运到北京，放进了正在筹建的中国地质博物馆。中华人民共和国成立十周年之日的1959年10月1日，亦即中国地质博物馆开馆之日，“水晶之王”作为中华人民共和国成立后第一批发现的自然宝物被公布于世，从此名扬中外。

当时，中央人民政府有关部门为了表彰发现“水晶之王”的有功之臣，奖给了东海县一辆“丰收 −35 号”拖拉机，凡参与挖掘与运送的人员每人得到了一双解放胶鞋、一件白洋布褂和一件上青蓝裤子，还有15块钱。这对当时的东海人来说是一种莫大的荣誉和不小的实惠。

在写这篇报告文学之时，我正在为李银桥写传记。这位现年65岁的老人对我说 ：“我当时就想，水晶既然那么宝贵，列宁逝世后用的是水晶棺材，倘若以后毛泽东……也该用这种宝贝呀！可我这个心愿在当时刚刚一闪过，马上就深深地责备自己——我们的毛主席是不落的太阳，哪能会用得着水晶这个东西嘛！”

人事间有许多事情很巧合。

在东海发现“水晶之王”的18年后，中国的一代巨星陨落。中共中央毛泽东主席治丧委员会当即就做出决定，用世界上最优质的东海水晶为毛泽东制作灵柩。

就在毛泽东逝世的第二天，国务院第九办公室便责成国家地质总局立即组织力量，完成此项政治任务。

国家地质总局接到指示后，马上派水晶处的一名负责人抵达东海县。为毛主席做水晶棺——沉浸在失去伟大领袖的巨大悲痛之中的百万东海人民接到这个无比光荣的任务时，心情无法形容。“化悲痛为力量，选出最好的水晶，用实际行动悼念毛主席”的热浪，席卷东海县的每一寸土地。

选矿工作是项复杂而艰巨的任务，它自然责无旁贷地落到了东海专司其职的国营一〇五矿。当时的选矿车间主任袁兴权带领全车间百十号职工在接受任务后以矿为家，夜以继日，废寝忘食，苦干六天六夜，将第一批精选的50吨水晶矿石用麻袋分装成每25公斤一袋，由袁兴权等5人亲自护送到机场，空运到北京。

十几天后，第二批矿石又选毕，共8吨。这次是用火车运到徐州，再转运到北京的。当时在徐州出发时，徐州专区和市各机关团体组成了声势浩大的欢送队伍。到北京后，矿石立即被运到北京六〇五厂。护送矿石的袁兴权等人当天受到国家地质总局孙大光局长等领导的接见。第二天，袁兴权等人又有幸到六〇五厂参观北京工人老大哥制作水晶棺的现场。

第三批矿石在1976年12月3日仍由袁兴权等人护送至北京。此次走的是普通客车，矿石与旅客行李一起放在行李车厢。火车上的乘务员及部分旅客们得知那是为毛主席制作水晶棺的东海水晶时，有的争着过来与袁兴权他们握手，有的用手抚摸矿石，车厢里不时传出哭泣声，那声音有对毛泽东的深深怀念之情，也有对东海人的感激之情。

据当事人回忆，从1976年9月到当年年底，东海先后三次用火车与飞机直接调运到北京特级优质水晶20吨，调上海和锦州各一次共12.2吨。用于制作毛泽东水晶灵柩的矿石共32.2吨，全部出自东海。当时中央要求，这些矿石原料每平方米绝不能超过两个气泡，质量要求极为严格。东海人民用自己辛勤的汗水与真挚感情，出色地完成了这一具有千秋功德的重任。

1977年5月24日，肃穆庄严、宏伟壮观的毛主席纪念堂正式落成，袁兴权等4名同志有幸代表东海百万人民，赴京首批瞻仰毛主席遗容。

东海人为能使中国人民的领袖毛泽东的遗体存放千古，做出了不可磨灭的贡献。毛泽东的灵柩因用东海水晶制作而使本已闻名的东海水晶更是身价百倍。

如今的东海人谈起自己的水晶，总是这样骄傲地说："世界上最大的水晶是我们东海的，放在中国地质博物馆。我们东海的水晶在全国、全世界最好。毛主席的水晶棺都用的是我们东海水晶！"

东海人很会宣传，他们有理由自豪，东海的水晶确实独一无二。

然而，东海水晶真正按质论价还是这几年的事。当年挖了块"世界之最"的无价之宝得到一台拖拉机和一双解放鞋而感到自豪的东海人，如今对水晶价值的认识与昔日大相径庭了。

驻扎在东海本土的江苏省水晶收购站的缪站长介绍了这样一个情况：5年前，东海最差的熔炼水晶每吨价格也就在几百元，如今的价格已跳过千位而向万元上码了。过去工艺水晶每公斤的收购价是三四十元，现在提高了10倍还不怎么好收。

这不，一同拜访的县委宣传部同志出口就给我讲了几则"天方夜谭"——

去年4月，前张村农民吴少平、吴少方兄弟俩挖地刨土发现一排"龙状"的水晶石，一刨一挖，最后到手了100多万元。

曲阳一对年轻夫妇在拆除旧房盖屋时，碰到了一块异样的石头，开始并没留意，做了屋基的奠石。一位"老水晶"见后大呼道："这可是宝贝，快取出来卖了。"年轻夫妇笑着说："要你就拿走吧，一块石头又不是什么金条玉器稀奇。""老水晶"可不干，说："那是墨晶，比金条玉器还值钱哪！"经这么一说，小夫妻动心了："老哥，我们盖房还缺些钱，这块石头你就拿走吧，给个千儿八百就行了。""老水晶"忙摇摇手："我可不敢这么贪，给个万儿八千的我心里还兴许会踏实些。"小夫妻眨了半晌眼，最后一拍大腿："平房也不造了，石头也不卖了。隔年等石头卖了我们住小洋楼！"

更有绝的：

薛埠村有一对老夫妻在自家宅基地上挖山芋窖，一挖竟挖出一巢高品质的水晶来。老两口蹲在地窖里，点着蜡烛，刨了一宿。天亮了，老婆子又拿两根蜡烛接火，老头子将手中的镐往地上一扔，抱起老婆子就往地面上跑，嘴里乐滋滋地连声道："够吃了够吃了。"这一宿，老两口换来了10万元的钞票。后来有人问起此事时，老汉说："也就是合几筐地瓜的东西呗！"

像上面这样一夜之间发大财的人，在东海可不是一个两个十个八个，因为东海的地下遍地都是令人神往的宝石。

你说玄乎不玄乎！

第二章　水的辉煌

东方人与西方人在对待许多问题的观念上分歧甚大，唯独关于人类最早的生命基因来源的认识却是如此一致。中国的《山海经》与西方的《圣经》里都这么描述：老天爷与上帝开天辟地的初时，一切有生命的物质都是在苍茫的水中。

水是生命的起源，水是人类历史最初的摇篮。

东海县这个地名是1500年前的古人所提的。我们的祖先在给地方起名时，如同发明汉字一样，始终遵循着象形的规律与原则。许多今天仍然沿袭的地名我们一看便知先人们几乎都是根据当地当时所处的政治、地理与自然环境情况而定名的，像西安、南京、北京、上海、铜陵、酒泉、常熟、太仓……这样的地名就是如此。但是对东海这个地名，如果你不学点当地的地理与自然的历史知识，无论如何都是难以解释得清的。

我昔登朐山，出日观沧凉。
欲济东海县，恨无石桥梁。

这是宋代大文学家苏东坡的一首绝句。古东海县正如东坡先生所写的那样，是在大海中的一个孤岛上。这个岛叫郁州岛，便是如今的苏北奇峰云台山，那时它与欧亚大陆东岸隔海相望。有一首歌称"黄河是中华民族的母亲"，正是这位开天辟地创造东方文明的母亲，以其排山倒海的伟大力量，日夜不停地通过那九曲通红的巨大"输卵管"，繁衍了欧亚大陆东海岸的一片宽阔的新陆地。古东海与当时的陆地之间是一道宽四五十里的海峡。南宋建炎二年，黄河母亲一阵分娩的剧痛，那孕育中华民族的输卵管一下子越过淮河河道，从苏北直插大海，时间长达700余年。就是这700余年的分娩期中，太平洋的东岸诞生了一块以天然良港连云港为中心区的新生陆地。今天的东海能成为欧亚大陆东方桥头堡的第一站，是黄河母亲的功劳，是水的造化。

水在东海永远是主宰历史命运的巨人。

远古时，因水，虞舜殛鲧于羽山；中古时，因水，东海因祸得福成为一方陆地；而近代，水又使东海人不得不背井离乡，苦海无边……有一首民谣这样记述东海数百年来的沧桑："海河湖汇，漫溢成灾，十税而九，民不聊生。"在江苏省档案馆里保存着民国元年该省各县的"地价表"。那时，苏南一带的好地每亩在百块银圆以上，与东海紧挨的苏北沭阳、灌云的好地方为50块左右，而东海最便宜的地你知道多少钱一亩？一块，只值一块大洋！为什么？水呗！这段历史距今的岁月并不长，凡现年40岁以上的东海人几乎都噶过淹脖的洪水，都卷铺盖流离过他乡。回首那时那境，我遇见的每一位苏北汉子都会发出声声哀叹。

清朝初期曾流传过这样一个故事：那是顺治年间，东海这片贫瘠而多事的土地，使朝廷很是厌烦。顺治十八年，世祖爱新觉罗·福临令兵部尚书苏纳海前往东海一带做最后一次查核，要觉得还看得过去，就纳入版图，否则就干脆将其裁撤而割弃于国门之外。兵部尚书一行刚抵达东海，便遇狂风恶雨，所见所闻全是百姓扶老携幼、仓皇离开故土的凄惨景象。此等恶地，罢了罢了，舍去也！顺治皇帝刚听兵部尚书三句呈报，便朱笔一挥。就这样，古东海三百里神州疆土被弃异国。冬去春来，雪尽花开，顺治归天，康熙即位。念东海百姓拳拳思国恋乡之情，当时海州学堂的杨肤功、郑三乐、江之雍、成天章等有胆有识之士两次上书康熙皇帝。明君玄烨于康熙十七年闰二月初四，传旨“复海”，从此东海又回到了祖国的怀抱。这就是东海人家喻户晓的“裁海复海”的故事。

整整 18 年，被一脚踢出祖国的版图——东海人从未有过的耻辱与失落。但另一方面又给了东海人从未有过的坚定与信仰，那就是：要让子孙后代在故土上繁衍生息，不靠天皇老子，一切要靠自己！

毛泽东在西柏坡一声令下，刘伯承、邓小平和陈毅、粟裕指挥的大军，如秋风扫落叶般荡涤了东海这块古老土地上的一切腐朽与罪恶，使它第一次真正回归到了人民手中。也就是在这时，东海人才真正开始谱写起主宰自己命运的历史。

千年的故土有无数的传说与颂歌，但在百万东海人民的心中，今天最有口皆碑的故事依然是那个“水”字。

人民的东海的第一个辉煌是治水。

他是创造这个辉煌的领头雁，百姓们称他为“当今的大禹”，这样的比喻用在他身上丝毫不过分。

他叫朱群，20 世纪 50 年代后期和 60 年代的东海县县长，雅号“水利县长”。

有位东海人在朱县长离任 20 年后给他写了一首诗：

看见你满脸的皱纹
我想起纵横交错的河流
那哗哗的水声令我激动
那汹涌的姿势令我痴迷
你黑得发亮的面孔
是一块油黑的泥土
有麦子悄悄拔节

摇曳成五月的风景
有水稻碧浪滔滔
母亲的目光温柔且湿润
一张张笑脸在阳光下舞蹈
忧伤和不幸随水东逝
活着的土地立起的土地
在春天里受孕
在夏日里分娩
红高粱红遍八月
绿蜻蜓镀亮黄昏
乡村在黑土地上繁衍
歌声的翅膀掠过田野
老人
你的昨天是一首歌
在我活着的时候
我便要轻声吟唱
……

一位朴素的“父母官”，能让他的百姓10年、20年……以致永远怀念他，是因为他在这块土地上建立了丰功伟绩。这样的“父母官”太少，我由衷地羡慕东海人太有福分。

那是个口号冲破云霄、震撼山河的年代，那又是个连肚皮也填不饱靠一口气却能移山填海的年代。但东海人举起铁镐，担起竹筐，绝不是为了赶时髦、“放卫星”，他们是在为自己的生存而决战。那“生命不息，冲锋不止”推着独轮车支援前线的动人情景，在五六十年代的东海大地上几乎日日复现。在水利专家出身的县长领导下，东海人既继承祖先舜禹的治水经验，又大胆摒弃古人过于信赖“疏浚”的教训，采取“平底深河”“分割圈圩”“抽提排水”等一系列科学措施，如一位医术高超的外科大夫，似一名技艺绝顶的雕塑大师，将这块昔日“漫溢为患”之地，变成境内湖库星罗棋布、河渠纵横交错的苏北鱼米水乡。

虽然朱群老县长当年带领东海人改造山河的壮丽情景，我无法再看到，但读读那“风瑟瑟，雨潇潇，炊烟寂寞两三朝。去年水涝今年旱，官租私债何曾饶”的古诗词，再看看绿水青山、五谷丰登的今日之东海，谁都会惊叹东海人的伟大！

在一块2200平方公里的土地上，平地而起近百个大中型湖库，人工开挖500余公里河道、8300条沟渠，垒建2.3万座涵闸……难道这不是奇迹？

用一把锹、一台小车，翻起两座万里长城之和的土石方，引滔滔江水而北上于千万亩干涸的土地……难道这不是神话？

我无法一一领略东海人当年所创造的“三进一出”的水利宏图，却有幸观赏了紧挨县城的那个如今直接影响该县工农业且是政治、文化中心区的西双湖，那是个可以同杭州西湖媲美的人工湖。

它的水面面积几乎与杭州西湖一般大，而那碧波荡漾的水色、气势雄浑的轮廓、鱼跃蛙鸣的勃勃生机，是杭州所无法比拟的。西双湖动工于1958年，次年正式建成。30多年后的今天，当我迈步在梧桐与垂柳相接遮阴的30米宽的大堤上时，不由得为创业者的真知灼见和目光远大所折服。有人告诉我，当年老县长提出要建这么宽的公路，一些人不理解地责怪他是搞花架子。“文化大革命”期间，有人因此而批评他筑的是“资本主义的道”。可老县长坚定地说：“要批，等20年以后再批我吧！”

20年后的今天，东海人开着“面的”、驾着“奔驰”在这大道上向现代化飞速前进，那种神气劲儿，像咬青豆一般“嘎嘣嘎嘣”的脆……

东海人刚刚完成安居乐业的治水战役，又开始了摆脱贫困的第二次长征。

水稻——这是东海人民的第二个辉煌史。

五六十年代，虽然东海人有了不再受洪水威胁的安稳家园，但贫困依然困扰着一百万父老乡亲。在中央人民政府划定的百个贫困县名单上，东海赫然在列。这名单实在让东海人抬不起头来。

中国是个农业国，衡量一个地区贫富的重要标准是看它的产粮情况，而粮食科类里，稻是大科。东海也种稻，据当地出土的文物证明，东海早在3000多年前的西周初期便有了稻。需要指出的是，从西周到明清，直至中华人民共和国成立初期，东海种的一直是旱稻。这种种在旱地里的旱稻，产量低而不稳，加之东海十年九涝，百姓即便种了也难有收成，后来，种稻的人越来越少，留一些好地便只种点糊口的地瓜、高粱和花生之类的作物。

不产粮的地方便是贫困的地方，几乎是中国的一个特色。

吃返销粮，靠救济款度日，这对移山填海的大禹的后代来说，简直比上吊还难受。

于是，东海人掀起了一场并不轻松的种水稻会战。

中华人民共和国成立之前，东海人虽然有3000年的种稻史，却无人试验种过水稻。或许是怕水的缘故，百姓们视水稻如水怪一样恐怖。

那年，国外的阿波罗宇宙航船已经在月球上登陆，而东海安峰乡的一位干部因让一个生产队的社员试种水稻，被人写的告状材料加起来竟有13斤重！愚昧与传统习惯有时比帝尧的“殛鲧剑”更可怕。

从1958年到1969年的11个年头里，从生产队、大队、公社到县政府，东海县的干部几乎用了一切可以动员的新闻媒介，使出了一切可以使用的行政手段，如此苦心经营，全县的水稻面积竟然仅仅 13 万亩，不到耕地总面积的 70%。

真是气煞官爷，笑煞天爷。

“宣战——向旧生产习惯宣战！”

“宣战——向保守观念宣战！”

就是如此，有人照样热衷于他的地瓜、玉米、高粱。会上我表态，可会后种什么是我的自由。你主任、书记还能真到地头来看？就是等你来看时，我那棒子都一人高了，你舍得砍？

哼，怎么不敢？！砍！

于是，成片的地瓜地、油绿的玉米田，稀里哗啦，一片狼藉，大人嚎，小孩哭……

“为了人民的利益，为了东海的前途，我们必须这样做！”干部铁了心，对那些认为种水稻没希望的人，振臂高呼，“不收稻谷收稻草，不收稻草收思想！”这个口号是“左”了还是“右”了——咱们且不去用现在的眼光去评判它，但在当时的东海，它确确实实硬是把旱改水的耕作革命推动了。仅 1970 年，全县水稻面积比过去 11 年苦心经营出的面积翻了一番。1971 年在 1970 年的基础上又翻了一番，达到 71 万亩之多。从那时起至今的 20 余年间，东海的粮食总产每年以近 1 亿斤的数量向上递增。

水稻，使东海摘掉了贫困县的帽子，而一跃成为全国重点商品粮基地县。

水稻，使东海在国务院公布的 2000 多个产粮大县中名列第十四位。

水稻，使东海唯一拥有总数达八个之多的亿斤粮乡镇，为全国县级之首。

中华人民共和国成立后的两次“水”战，使东海县真正成了苏北鱼米之乡。

东海人实现了真正的安居乐业。

两次“水”战，给东海人带来了翻天覆地的巨变。而两次“水”战后的东海人又在想什么呢?

东海——谁让你叫东海呢！水，永远系着你，永远伴着你。没有水就不是你东海了！水晶！

水晶!

天赐的东海人，在十亿华夏子孙高举改革开放旗帜，走向民族振兴，实现现代化的历史转折关头，又一次与水为伴，明智而果断地找到了一个足以再度创造辉煌的基点和起跑线。

水晶——多么宝贵的财富，多么美妙的乐曲，多么明艳的色彩，多么激荡的号角……

第三章 晶莹世界

芝麻开门

一位善良的青年面对陡峭的山壁而立，然后轻轻闭上眼，让活泼的长长睫毛聚成一抹含苞待放的美丽花心，虔诚地念道：

“芝麻，开门！”

应声而起的山体顿时发出轰轰响声，奇迹出现了：雄浑的山壁敞开一扇神秘的大门，青年面前是一个堆满玛瑙翡翠、金银珠宝的山洞。青年陶醉了，他把众乡亲领来，将全部宝贝送给他们……

这个青年就是阿里巴巴。他带着这个美妙的阿拉伯神话，周游世界各地。

“芝麻——开门”，成了所有渴望财富的人们的梦想。

一个梦想，就是一种追求。

一个神话，就是一种现实。

在与水为伍的东海人眼里，世上的财富只有善良人才拥有。你瞧，无论是城头村的那个赵二，还是牛山根的那个种瓜老汉，因为他们善良，所以仙婆、神牛才给了他们取之不尽的天庭之宝——水晶。善良＝财富，这是个古老的等式。

在现代，无论是阿里巴巴式的善良，还是赵二、瓜老汉式的善良，已经不大可能再得到财富了。今天的公式应是：

智慧＝财富。

历经五六十年代的勤劳奋斗和20世纪70年代的勇敢抉择之后的东海人，已经拥有审度与主宰自己命运的大智慧了。

水利——水稻——水晶。

东海人的思维与智慧是何等的清晰！何等的高超！

我把东海人20世纪50年代为改变生存条件而进行的治水战斗，称为“土地革命”。那么，70年代他们为自己的温饱而勇敢抉择的种水稻历程，则是“农业革命”。而80年代末至现在以水晶为龙头的市场经济道路，则是一次空前而又给东海带来质的飞跃的“工业与科技革命”。

有一种现实，我们似乎越来越清楚：当今，人类在宇宙间的跨度不再以每步一米、十米的间距来行走了，而是以百米、千米之距在跳跃。那么，谁要想改变自己的生存条件与发展速度，谁就得掌握审时度势并从实际出发的智慧，谁的这种智慧越多，谁的“撑竿跳”就跳得越高。

中国特色的社会主义不就是这个道理吗?

我们应当明白并且毫不顾虑地承认，每一次人类伟大的进化历程，就是与原有的传统决裂，去重新选择最有生命力的起点与机遇。

东海人的聪明与智慧就在于他们不满足于“土地革命”与“农业革命”的成果，他们捧起一个足可以使自己牢牢地独占优势一百年的晶莹世界，而开始一场新的空前的伟大进化。

那是东方式的阿里巴巴。

那是中国式的“芝麻开门”。

芝麻，真的给他们开了门。

“公主”姗姗而来

无论是对于东海人，还是对于全中国人来说，她来得确实太晚。

但她毕竟来了。

共和国走过了40多个年头，现在我们才回过头看到瑞典式的、南洋式的、泰国式的“家庭工业”是何等有潜力地推动着国家经济革命的。当然很快地，中国亦有了温州式的、石狮式的、苏南式的“个体风暴”。

终于有一天，躺在天然大粮仓里的东海人猛然醒悟过来：我们为什么不请“她”出来也去风靡天下呢?

她，来了，带着几分羞涩与娇艳，姗姗而来。

SiO_2——她不是一块普通的石头。

她是位尊贵的公主。古人称她为“水精”，意为水的精华。也有人称她为“水玉”，多么好听的名字，天下以“玉”为名的少女何止千千万万!

她通体透明，冰清玉洁，润泽且妩媚，在所有的石族里尊贵而耀眼。

关于人类对她的情有独钟有太多的故事。

我们中华民族的祖先认为对她轻轻吻一下，并润在嘴里有止渴去热之效。而印第安人则认为有她为伴可以镇妖压魔，战无不胜。至于中国清代七品县太爷让她亭亭玉立在那只乌纱顶子上以显示达贵和安国定邦象征的种种做法，以及罗马大主教每次传教施典时用她祭天拜神的那种情景，让人越发对她如痴如醉。

这，不是没有科学道理。

大医学家李时珍在《本草纲目》中这样论述她：“辛寒无毒”，而主治“惊悸心热”，能“明目”，并能“益毛发，悦颜色”。在日本和东南亚地区的大富豪家里，人们常可以见到这么一个奇观：在客厅或办公室的醒目处，有个精美的玻璃台架，那上面是一颗水晶球。据说她的作用特别的大和特别的灵，是商人在生意场上不可缺少的法宝：成功时，在水晶球面前站上片刻，你就会戒骄戒躁；失败时，她会为你驱散忧愁，振作精神，故制作成球形的她身价百倍。在英国皇家博物馆有个直径为19.5厘米的水晶球，以前为“世界之最”，价值连城，后来中国常州有了个更大的水晶球，直径为22厘米，纯天然。

说起这位常州“公主”，还有一段有趣的轶事。

当时有人将一块光洁无瑕的天然水晶石以30万元卖给了常州人。常州人花了10万元加工成超过英国皇家博物馆的“大公主”后，在市场上标价50万元。当事人以为这样白白赚了10万元。一位日本商人见此宝后爱不释手，说愿出100万元人民币。中国卖方一听大惊，忙推说“研究研究”，便重开价为200万元。日商撇撇嘴，说200万元就200万元。中国卖方更是大惊，来了一次“厚脸皮”：“500万元你东洋人买不买？”这位东洋人咽了一肚子气。常州人现在精了，那只“第一公主”如今标价为100万美元！如果真有买客想买她，不知这回常州人还出不出手！

无论怎么说，我们的“公主”在中国公众的眼里，仿佛是个天外来客，对其认识能力似若初恋阶段。

其实，在我们大量的工业生产、日常生活、尖端科学中，她所显示的超凡的魅力，早已众所周知。而说到她与我们的日常生活的关系，其情其意恐怕就更直接了。

男士们对她的钟情大多表现在眼睛上的感觉，什么有色的、无色的，近视的、远视的，只要与她成为朋友，男士们就会两眼发光。

女士们对她的多情则完全是一种心理和生理上的感觉，通常以装饰于外表的满足感来表达。女士们普遍反映，她比“金小姐”“银小姐”甚至是“珍珠姑娘”更使人感到温馨清爽和神怡，特别是在夏日里。

唐人韦应物为她写过一首咏歌：

映物随颜色，
含空无表里。
持来向明月，
的皪愁成水。

现在，她从东海向人们走来。

东方第一城

我刚到东海采访的那一天，正好是东海人赶集的日子。

“走，你也别休息。眼见为实，先领你到水晶市场去看看。”县委宣传部的同志还未等我擦把脸，就拉我去见他们的“娇公主”。据说，凡是外地到东海来的人几乎没有不到水晶市场这个东方奇观世界来看看的。东海人自己讲，如果有外地的朋友来，第一件事就是带他去逛水晶市场，要是不去那儿，连八旬老人也会骂你没照顾好客人的。

我此行便是采访水晶，不去那个神话的中心不是跟东海的父老乡亲开玩笑么！

与京都相比，东海这个县城显得很小，从县招待所出发，不用搭车，步行十几分钟便到了位于县城钢铁路一带的水晶市场。

这是我万万想不到的，即便在有千万常住人口、几百万流动人口的北京，我也还没有见过面积如此大、人如此众多的市场！

闻名中外的中国第一大蔬菜批发市场——北京大钟寺农贸市场虽然面积亦不算小，但其驻户的人数仅为每 10 平方米 3 人。而东海水晶市场的顾培伦经理告诉我，他这儿每平方米就有三四个人。

简直是人“砖”砌成的市场。

在来到距市场 200 米左右的大马路口时，我们已经无法称心地漫游了。大街宽阔的两边，是“叮叮当当”“乒乒乓乓”响个不停的各种加工水晶的五金用具小摊，一个挨着一个，每个摊位上都有堆得像小山般的各种玲珑精致的器具。

费了九牛二虎之力，经过约 15 分钟的“艰难跋涉”，汗流浃背之中，我们终于到了“东海水晶市场”的入口处。

噢，现在我才明白县委同志为什么自豪地称其为“东方第一城”。

大门左侧刺入苍穹的三方菱面体的巨形“水晶柱”和一颗直径 2.4 米、雕有 64 刻面的“水晶球”，它们作为一种象征，向所有到此的人们昭示这里是“水晶之乡”，这里是世界最大的水晶市场和石英中心!

走入市场，你顿时会感到目不暇接。不说买卖水晶项链的人海，不说贴满四侧的水晶珠宝商行，不说长龙一般的摊位，单说那些五颜六色、形体缤纷变幻的水晶石料和制成品，我们走马观花了一个多小时还没有看遍。这里，是买与卖的、买卖的和卖买的世界。听起来好像有些别扭，我解释一下你便会清楚。在数以万计的人海中，你分不清谁是买客和卖主，因为许多开始入场时是想购货的买客，转了一圈后，突然出得几百元、几千元本钱从别人手中买来原料或成品，现场就做起买卖来了。而一些本是带原料或成品的卖主，忽一会儿，感到如此庞大的市场里有许多别人手里的原料或成品只要买进后即可卖出并仍有可观利润。于是，这个芸芸人海的市场就变成了比上海万国证券交易所更为繁忙的买卖交易市场——关于这里的奥秘我在本文后面另将细述。

眼下，令我兴奋不已的是这个人与水晶组成的市场的本身。

有幸在人海中碰见主管这个超级市场的东海县供销社主任袁克俊先生。听袁主任介绍说，东海水晶市场始建于 1992 年 8 月 15 日，当时在县委、县政府的领导下，仅用了两个月便正式开张。

我觉得有些不可思议。袁主任说，市场建成一年来，每5天一次大集，最多日客商流量达4.5万人，非赶集时间也有万余人左右，今年一季度营业额为5600万元，而在营销旺季的六、七、八3个月，可达亿元以上。

“你都看到了，现在这么个市场规模已经远不能适应交易需要了。”袁主任介绍说，他们已着手在建的第二期工程完工后，比现有的市场大一倍多，预计全年市场交易额可达5亿元以上。

东海水晶市场目前已被国家列为“全国有特色的二十大市场”之一，它营销的是水晶产品，这在世界级超级市场中也仅此一家。

呵，仅此特色，你在中国、在世界的地位是何等的不一般！何况，水晶本身不仅仅是一种代表优雅的宝石，更是点缀我们这个世界的一种美、一种崇尚、一种追求。

吸引全球

1991年的国庆节，对东海人来说是个特殊的节日。这一天，他们向全世界发出宣言：以水晶为媒介，让世界了解东海；以水晶为桥梁，让东海走向世界；以水晶为纽带，联结五湖四海。

从这一天开始，东海不再是那个躺在大粮仓里自鸣得意的封闭的农业王国。

从这一天开始，东海人以全新的姿态，树立与改变着他们自身的形象。这个形象的光芒一下子透出省界、国界……

史无前例的以水晶为媒介的文化和经贸活动并举的盛会——首届中国东海水晶节，在这里隆重举行。

那时水晶市场还没有建成，被列为江苏省第一大县级体育场的东海县体育场被用作水晶节的主戏台。

戏台之大之精彩，令12万来自五湖四海的客商、贵宾和当地百姓如痴如醉，那登台的有美国人、法国人、加拿大人，有来自京城、省城的领导，而更多的是那些卷起裤腿、带着泥土味的东海农民，这一天，他们是主人，是拥有的财富令外国富豪们都羡慕的主人。

短短4天时间，以水晶为主角的经济贸易额达4.6亿元，签订合资项目27个，引进资金2180万元。

东海人扬眉吐气，笑逐颜开，东海的名声也随水晶的光芒传遍四方。

一着高棋，使东海水晶从此奠定了她在东方乃至全世界的“石英霸主”的地位，由此而形成的巨大引力日后连东海人也备感吃惊。

几年前的东海人并没有发现自己的魅力令五湖四海的宾客产生兴致。当“水晶节”的彩球腾空而起之后，他们自己也不敢相信这一切！

牛山镇——这个30年前仅有17户人家的荒草遍地的小地方，如今是东海政治、文化、经济的中心。30年来，小县城一直是宁静的，即便在“文化大革命”时，它也很平静。可一夜间，市民们感到了它在骚动，骚动得走路也不能再慢悠悠了，那冷清的车站变得喧闹与拥挤了！

那旅社、宾馆一幢接一幢地盖也容纳不下要登记入住的人！

还有从港口、从机场来的人怎么一天比一天多！

“呵，这里的海、陆、空全变了！”东海人半是惊诧、半是喜悦地感慨道。

因为时间关系，我无法去参透“海、陆、空”的全貌，却在县委同志的指点下找到了一个捷径——我们来到县邮局。

这是今日东海窥一斑而知全貌的地方。

宽敞的营业大厅内，熙熙攘攘，人头攒动。我以为这儿也有一个北京月坛式的集邮市场，近前一问才知不是，原来这些人都是来取钱和邮包裹的。在收付汇单柜台前，排着长龙一般的队伍甩出了几个弯。上前问了几个人，回答都是取钱。“哪儿给你汇的钱？”“内蒙古呼和浩特。”“能告诉我是谁汇你的吗？”“朋友呗！”“为什么要汇你钱？”“托我买项链呀！”“你呢？”“也是。”“经常有人给你汇钱？”“嗯，一个月总有十来笔吧。”“都是托你买水晶项链？”“都是。不过，不是他们托我买，而是我在全国各地建立的销售点买。”有意思。“你是为公家干？”“不，我个人的。”“那你怎么在外地搞销售点呀？”“很简单，我的大学同学遍布各地，他们每个人都是我可靠的销售点。”“每个月你销售多少条项链？”“一两千吧！”“每销一条赚多少？”“一二十块吧！”“一个月就是一两万元！”“这有什么稀奇。”

一段现场对话。听后，我抹抹嘴，深感惭愧。

“你是专职销售的个体户？”

“哪里，我还在学校教书哩！”

“非脱产的专业户，邮邮寄寄就赚这么多钱？”

“又有什么稀奇的，”这位中学教师直率地告诉我，“那些搞水晶专营的一年至少赚6位数。”

我又一次抹抹嘴，没有再问什么。

走到包裹柜台，见两位汗流满面的女服务员正进进出出地搬着不轻的包裹与箱子。

“那些包裹和箱子里都装些什么？”

“不是项链、镜片，就是水晶石呗！”

“你一天收发这类包裹、箱子有多少件？”

“没统计。不过比过去的工作量至少增加了四五倍。”

“你指的是水晶节前的业务吧？”

“是呀。”

从邮局出来，回到招待所已近天黑，碰见一辆满载“洋人”的旅行车。一问，是连云港旅行社带来的一队加拿大外宾。

“东海有什么好玩的？”我拉住一位姓郑的导游小姐问。

“水晶市场呀！”郑小姐很自豪地将头往上一昂。后来我才知道她也是东海人。

“差不离，有八九成到连云港观光旅游的外宾要到咱们东海来。他们都是冲着水晶来的。咱东海水晶在国外名声可好呢，而且价格比巴黎、纽约市场便宜多了。”郑小姐滔滔不绝地对我说，“有一次，一个美国客人因为突然有急事要回国，到了连云港却没有买到东海水晶项链。他十分遗憾，后来从加州邮来2000美元，托我买回了一批东海水晶首饰才算了事。这不，今天的这批加拿大客人中有好几个是经那位美国人介绍后专程来的。”

我说郑小姐你可不是在说戏？

“哎哨大作家，我可不会文学创作呀！”带着一阵铜铃般的笑声，她追上了那队外宾。

这一天，我感到异常高兴，仿佛自己也一下子成了东海人。

吃过晚饭，走进县委特意给我自己安排的双人间，我突然发现多了个陌生人。

“噢，对不起，服务台上说没有房间了，没法子，就把我塞进来了！”这位40岁模样的四川汉子忙向我解释。

住就住呗，一个人也怪闷的。

嘀，这一夜我可大开了眼界。原来，我的这个住宿伙伴是位“水晶大腕”。

他叫严珊，四川西昌人，以前是国有企业的一位技术员，前三年辞职做买卖，承包了一个饭店，一年赔了4万元。后来改行专司水晶生意，两个年头，他说现在腰包里已“接近七位数”。

“你作家是要写文章发表的，我不能啥子都告诉你哟。”个子不高、人很机灵是四川人的普遍特点。

“故事总可以讲吧！”

“那么就说说吧。”

严珊老兄很健谈，而且不用点拨，满口溢出的都是“精彩片段”。

“老子做的水晶生意可用4个字来概括：上天入地。”他说，他的家离西昌卫星发射基地不远。这得天独厚的地方是他比所有搞水晶的人都要“阔”的主要原因之一。“老子西昌也有石头。”——他把水晶俗称石头，“可没人把它当一回事，所以偶尔弄到一卡车也换不了一条‘红塔山’。”前年，东海水晶市场开张后，严珊动了心，便把自己家乡那些不值钱的“石头”装入一个麻袋，不远千里来到了东海。“嘿，你猜老子卖了多少价？1300元呀！你说我能不发财吗？老子那儿的人不识货，再好的水晶也卖不上价，可是只要一放到东海市场上，那‘石头’就会身价百倍！东海这个水晶市场为啥这样火？就是因为它有神奇的魔力。告诉你一个秘密：不管哪个地方的水晶，只要一到东海，身价就会成倍往上蹿。就这么简单，财神爷送上了门，老子不发是龟儿子。这一回、十回的，我把老家的‘石头’从西昌运到东海卖掉，十回八回老子就腰包鼓了。后来好多人学我，而且抢老子生意。妈的，老子干脆把西昌的油水让给了那些穷哥们儿。我就开始从东海往回拉‘石头’，运到西昌。你听来怪吧？嘿嘿，你听下去就会明白。你知道卫星上天不少精密装置是离不开上等水晶的。我得知后，就与卫星基地有关部门订了合同，负责专供他们需要的水晶的原料。那些技术专家们指定要东海产的上等水晶。这还不好办，老子拍拍胸脯——全包了！”

“发财就这么简单！”严珊得意之间给我扔过一包“大中华”。“你说我的生意经叫不叫上天入地？”

这家伙真精。我心底对他佩服，问：“现在你还在上天入地？”

严珊摇摇头，连连摆手：“半年前就给一个国有部门顶了。现在我搞的是‘四面八方’。”

嘿嘿，我笑了：“何谓四面八方？”

“哪个地方有水晶，老子就到哪个地方去把它弄到东海来呀！”严珊兴奋起来，竟然撩开蚊帐，从床上跳下来，指手画脚起来，“我到新疆、内蒙古、广西、云南，还有去国外的缅甸、巴西……”

我觉得他有点吹牛了。

“骗你是龟儿子！看，这是我准备到巴西的护照！”严珊忙从皮箱里拿出小本本给我看。

可不，还真是本护照，上面清清楚楚盖着中华人民共和国公安部与海关的印章。

“全国各地、世界各地来东海做水晶生意，其实早不是新鲜事了，你们这些作家、记者，消息太闭塞，要么说老子啥报纸书刊都不愿看么！”严珊竟然说出了一句警世之言。

“小小东海为什么有这么大的魔力？”

“很简单，它有市场，有那么大的一个交易市场。”严珊不愧是“水晶大腕”，论起这方面的生意经头头是道，他说，“国内的情况我不说你多少也知道些，好多地区也是产水晶的，但那儿没市场，没市场就没人去捣鼓它，所以那些很有价值的水晶就变成了普通石头，甚至扔在路边也没人理会。而到东海就不一样了，这里识货人多，求货人也多，什么样的水晶都有人要。你到市场见了吧，这儿别说是天然水晶，就是人造水晶也大有人在交易。一到东海，石头就会变成宝，你说这种生意能不吸引人吗？”

“再说说国外。像缅甸、越南，还有苏联、巴西等都产水晶，可同样因为没有一个像样的交易市场，所以那儿的水晶价格也上不去。老子是中国人，聪明，啥子事做不成！本事不大的人，就往缅甸、越南跑，心野一点的人就往独联体、罗马尼亚跑，最腕儿的人便看好巴西，因为巴西的水晶质量与东海很接近，卖得起大价。”

我打断他的话，问：“那么远，你们是自个儿搞还是合伙干？”

“开始一两次是自己去瞎闯的，后来一般就都有桥了。”

“啥叫桥？”

“有路了呗。”他说，“所谓桥，就是我在中国，巴西那边有人，中间也有人专管运输，这就形成了水晶国际交易的桥。”

“一次你们搞多少水晶？能赚多少钱？”

“不一定，这要看东海市场的行情。这边市场上的原料涨了，老子就从外面多弄些回来；这边要是坠了，就少弄些。”严珊说，一般每次他做二三十万资金的货的生意，净赚5万元左右，来回一趟40天左右。

可见水晶国际“倒爷”的效益很可观。不过我想像严珊这样干的人不会多。

“你错了错了。”他一听，嗓门顿时大了起来，“告诉你，就我知道的，现在光跑巴西的中国人就不下十几人，到缅甸、越南、独联体的简直就像赶集那么多！”这一切，对东海不了解的人，是无法想象的。据严珊这样的行家讲，现在东海水晶市场上的原料价格，已经影响到世界几个主要水晶产地国的价格。

你说东海的引力大不大？

啊，东海，好一个神奇的晶莹世界！

第四章　大潮涌动中的东海人

关于东海盛产水晶的科学说法，地质学家的结论是：大约在 23 亿年以前，东海一带还是茫茫沧海。经过海底火山喷发，地壳不断运动、变迁，直至唐宋时期才形成了今天东海县的地形地貌。水晶（石英）就是海底火山岩浆侵入地壳时带来的高压高温，使矿物、矿液、热水等相互作用、重新组合而成的。

地壳的运动与变迁，不断改变着大自然的属性，而东海水晶则是在这种运动与变迁中孕育出的自然骄子。

那么，关于今日东海涌起的水晶热，社会学家的结论是：它应当完全归功于中国共产党和邓小平关于建设有中国特色的社会主义理论的指引；应当归功于东海县委、县政府抓住市场经济的机遇，领导全县人民奋发图强，刻意建立一个大东海的大胆实践与探索的结果。

改革开放，如同一次巨大的地壳运动，使东海大地发生了质的变化，涌动起一场深刻而伟大的革命。

像人们看着今日东海湖渠成网的水乡景色经常念叨起老县长朱群那样，百姓面对如今热浪滚滚且日益带来实惠的水晶大潮，自然忘不了近几任“父母官”们对此所做的重要贡献。

群众当然记得，在水晶市场尚未形成之时，县领导们是如何排除干扰，顶住压力，为打“游击战”的水晶商贩们开辟了“水晶一条街”；当水晶“舞台”刚刚搭起时，吴书记、聂县长是如何南下深圳、北上京城亲自公关“唱戏”。水晶市场几度潮起潮落时，县领导如何大胆力举“放水养鱼”“民采民销”等决策就更难了衷情……

百姓们这样赞誉自己的“父母官”：

风韵婀娜的女县长聂长兰，出生于东海本土，她本人就是一位光彩夺目的“水晶女王”。至于新任县委书记王向明，天生就是位“水晶生活话剧”的大“编导”。

女县长外出不在家，与王书记也仅是一顿饭工夫的短暂见面，但从东海的百姓和那欣欣向荣的水晶市场，我看到了这个县领导班子的决策能力与胸怀大略。

鉴别一届领导的功与过，百姓的现实和历史的空间是最好的标准。

从嫁不出的“丑妞”到风靡都市的“娇小姐”

作为宝石家族成员的水晶，其用途是广泛的，但在人们日常生活中流通的主要是眼镜的镜片和妇女们用的项链等首饰。许多人都知道水晶宝石首饰晶莹绚丽、光彩照人，但并不一定知道它还有保健的一面，什么眼病、咽炎、失眠症、肩周炎，女人的痛经、乳腺癌等，常戴天然水晶饰物者都会感受到它有良好的疗效。东海人爱用“权威”人士做例子，著名演员艾尔兰因常佩戴保健水晶首饰而治愈了难言之病，她发誓要写一本名为《生活愿望》的书。你没注意吧，中央电视台女播音员李修平今年一夏天佩戴的就是东海水晶项链！

可谁能想到，如今风靡都市的东海水晶项链，在两年多前还像一个茫然到城里寻找雇主的安徽丑妞，没人理会。

东海“水晶公主”有过一段艰难历程。

我在位于县城郊的江苏地质六队队部见到了东海第一个组织制作水晶项链的人。

想不到眼下几乎家家磨、市场上人人贩的精美无比的水晶项链的最初制作者竟是个五大三粗的地质队总工程师。他叫陆永增，是与水晶打了30多年交道的高级地质工程师，不过，那些年月他带领队伍是为国家在东海一带寻找以水晶石英为主的矿藏。

东海挖水晶、制作水晶镜片的历史确实不短，可玩项链等水晶工艺品的年头不长。这当然不能怪东海人身在宝山不识宝，那年月大伙连肚子都填不饱，谁想得到脖子、耳朵上戴点什么玩意。再说上面还不让搞呢！

"讲起来也就六七年时间，"陆工说，"1986年那阵，我们地质队面临国家地质勘查任务减少、投资经费紧缺，队上琢磨着想搞点副业。搞啥呀？我们商量了半天。大伙说，钻了几十年山沟，倒买倒卖咱不会干，要干就干点我们熟悉的事。找水晶的人不做水晶生意还干吗呀！于是，我就带了几个人在实验室开始捣鼓起来。当时有人建议，市场上首饰工艺品逐渐流行，我们何不试试做水晶项链。我想这倒是个好点子。就这样，在一台小磨机上我们几个便弄来野外采集的水晶原料，笨手笨脚地磨起了项链珠子。费了半个月，共磨了6串16棱面的项链。用现在的眼光看，那几串东西简直不能称为项链。说句笑话，要是让现在的姑娘戴在脖子上，她准骂我们是给她打了副石镣铐！那珠子太大就甭说，光那珠孔就有半厘米大！整个儿就是位'丑妞'！

"这样的'丑妞'后来我们又做了一批，"陆工接着说，"虽然这'妞'不太美，可或许因为它是货真价实的东海天然水晶，当市里、省里的领导或干部来检查工作，我们把这些'丑妞'作为礼物送给他们时，想不到大受称道。这可把我们几位'第一个吃螃蟹'的人乐坏了，于是，一连做了好几十条。这个头儿来，那个客人到，我们就把'丑妞'献上，客人们无一不是乐呵呵的。这么一来，咱们的'丑妞'的名气也就越来越大，县里方方面面的客人来了，政府有关部门也到我们队要走一批作为礼品送。到后来，凡是到东海来的人，都希望得到那么一条小水晶项链，而我们东海人也十分乐意和慷慨地满足客人。咱们的‘丑妞’就这样从东海走到连云港，走到徐州，走到南京……走到全国四面八方。”

这真是个奇妙的公关艺术。想不到，风靡全国、吸引全球的东海水晶市场其原始的推销手段竟是在酒桌上、告别前的那几声“不好意思不成敬意”之中所形成和迈开步子的。六队的宣传秘书王大志如今已是一位水晶项链“业余销售大王”。上班时间，他踏踏实实工作；下班后，他风风火火赚钱。在我住的招待所里，他毫无保留地跟我聊起了自己的业余经营之道——其实这也是整个东海水晶市场形成的一条独特路子。

小王是地质大学毕业生，脑子灵，平时还爱写点诗，所以各方的朋友特多。学地质使他在推销水晶工艺品时有得天独厚的优势。他说，刚开始的时候，并没有把送朋友项链与做生意联系起来。省城或者外地来个朋友，临走时，为了交情或者也为日后办事方便些，小王就从队上弄一两条水晶项链送给临别的朋友。给张三送一条，给李四送一条，日久天长，朋友的朋友、上级的同事、同事的亲友，都托小王“弄”项链。“挺好的，出三五十元也没关系。”——有的来信这么说，有的甚至把钱夹在信里。为了交情，小王三天两头这样“帮忙”。时间一长，有的朋友、同学就干脆寄上千儿八百的，让小王“弄一批”。这一“弄”，越弄越多，越弄越大，后来便成了生意。

到后来，东海的“丑妞”也不止地质六队一家有了，变成了十家、百家有，直到千家万户有……这“丑妞”也不再愁嫁不出去，倒是成为都市里人见人爱、供不应求的“娇小姐”。

有位经济学家预言，未来几年间，中国的首饰市场上水晶首饰将独领风骚，而东海的产品则是这个市场的“秤砣”。

在商界，成功者与失败者之间的间隙非常非常狭窄。人类大约从有货币开始，便有了市场与交易。而在这个“残酷无情”的战场上，有的人能一夜之间成功了，有的人或许一辈子都是失败者。在科学与信息高度发展的今天，进入商界的人越来越多，优胜劣汰似乎是天经地义的事，可是我们常常看到一种现象，不少本是先进或者质地精良的商品却始终没有市场或者十年八载得不到市场的承认。这是为什么？原因很多，但有一点是可以肯定的，这些商品的拥有者和推销者，无疑都比不上东海人聪明。

东海人的聪明，在于他们首先抓住了最能体现和表达自己特色的产品——这种产品最初并不是作为一种商品去参与交易，而是作为一位可以信赖的并倾注着情和意的“东海特使”被派到每一处具有潜在市场的地方，去爱、去献身、去让人评头论足。这些“特使”不是用显耀的语言去感染或影响别人，而是以其多彩的光芒和无与伦比的质地去照射一方和征服一群。这种魔力般的照射与征服是后来东海水晶迅速赢得巨大市场的奥妙所在。

这是何等高超的市场推销艺术——或许连东海人自己都没有完全意识到它的无比魅力。人们常言市场经济为“残酷战场”，那里只有金钱与物品之间的厮杀，因此不少参与者采取的战术是短期行为，是连良心也出卖的卑劣手段，最终只能是这个残酷“战场”上的失败者。

东海人的成功，恰恰是他们把市场经济这个“残酷战场”当作一个充满仁爱与温暖的世界，他们首先献出的是一份不求回报的情礼。中国是个礼仪之邦，人与人之间一份薄薄的情礼常常胜过口头的承诺。东海人是如此深谙这一道理，并通过水晶这位“天使”将它发挥得尽善尽美，他们必定是胜利者！

千家万户奏出的旋律

每个时代都有每个时代的旋律，有的动听，有的嘈杂；有的高昂，有的低迷；有的振奋，有的悲怆……

东海是个农业产粮大县，104万人口中，农业人口占90%以上。从人民解放军在千里陇海线上扬起淮海战役胜利的旗帜至今，这块新生的土地已经走过40多个岁月了。40多岁，对一个人来说，正是处于年富力强的成熟时期。40多个春秋，对一方天地来说，或许是成熟的年轮，或许是蹒跚学步的阶段。东海的父老乡亲们发现，种田人不以田为本就会再次失去家园，失去一切。于是，他们把每一滴汗水都浇洒在肥沃的土地里，并连续数年荣居全国产粮大县之列。

这对曾经是中国百个贫困县之一的东海人来说，是永远值得骄傲的话题。

然而，在历史飞速跨越20世纪80年代，迈入20世纪最后一个十年时，东海人发现一个严酷的现实摆在了自己的面前：要么守着大粮仓挨饿，要么再创个天地奔小康。

历史在此时此刻给了东海人一个机遇，这个机遇就是以水晶为龙头的市场革命。

谈论工业，谈论商品，谈论市场，别说是泥腿子们脸红，就是执掌一方天地的县官、乡干部们都感到脸红。过去在东海，从上到下，人们和它的距离实在是太远了。在百姓眼里，谈起买卖、生意，他们只会做两件事：一件是贩花生，一件是卖鸡蛋。过去东海的集贸市场不就这两样东西铺天盖地么！

现在倒好：到地里挖那么一块“石头”，居然上市一转手，就能换回100斤甚至1000斤花生都换不回的钞票来！百姓们简直不敢相信这个现实。

大杨庄有位老汉是出了名的种地瓜能手，他承包的 6 亩地产的地瓜年年比别人家高出三四成。1987 年秋，他刨地瓜刨出了一块手掌大的“石头”。听人说那“石头”可以上城里卖钱，第二天，老汉将信将疑地兜着“石头”跑到县城火车站旁的小农贸摊上边卖地瓜边问来往的过路客要不要“石头”。中午时分，一位外地模样的人跑来说要看看“石头”的成色。那人一见到“石头”就两眼发光，一副爱不释手的样子。

“多少钱？”那人问。

老汉是个精明人，那人刚才的一举一动都没逃过他的眼。虽然，天知道这块“石头”值多少钱，可轮到老汉开价时，他琢磨半晌，伸出五个手指——这个数字等于几百斤地瓜的价。老汉嘴里没说，心里这么想着。

“500 元？嘿嘿，500 元太贵了些。我身上没带这么多钱，老人家能不能便宜点？”

那人的话使老汉心头“砰”的一跳。我的天，“石头”这么值钱呀！乖乖，好在我刚才没把价说在嘴上。老汉心里这么想，嘴上却一副在行的口气：“哎呀我的大兄弟，这‘石头’可是我爷爷的爷爷传下来的，百里寻不着一块，哪能说贵。要不是我儿子结婚等着用钱，我可不会把它卖人的！”

那人听后，又拿过“石头”看了看，再也没有犹豫地点出 50 张大团结给老汉。“我们成交了！”

老汉接过一叠钱，手都颤了，一年辛辛苦苦种 6 亩地瓜地，不也就卖这些钱吗？老汉自然没有想到那人买走这块“石头”后托人加工成一颗水晶球，着着实实卖了 15000 元。关于那块“石头”的真正价值老汉在当时虽然并不明白，但他明白一个道理：刨“石头”要比种地瓜不知省事和赚钱多少倍！

打这以后，老汉没日没夜地在地瓜地里刨，就是在连地瓜根都冰冻酥的腊月里，他还在一个劲地刨呀刨——他是在刨他的那个难以想通的“石头”梦。

像老汉这样的“传奇”，在东海几乎乡乡村村都可以找到。

在县府大院里，我听到县领导给我介绍的另一个更惊人的情况：自从百姓们知道一向并不被放在眼里的水晶石可以卖大钱后的近两三年时间里，东海2248平方公里的土地上，凡被认为可能藏水晶的地方，几乎全被翻刨过一遍！我不知道这个数字到底相当于多大的工程，是喜马拉雅山那么高的山，还是长江那么长的路？我只知道，水晶石一般在2～10米的地层里。50年代，东海人为了兴修水利，如果将所挖的泥石方一方方连接起来，足足可以绕地球12.5圈。这是个宏大的工程，但它也仅仅在东海2000多平方公里面积的土地上留下万分之几的有形痕迹。如今东海人挖水晶所刨的土石方，可不比当年少多少呀！你说惊人不惊人！

大举刨挖地下水晶，居然使东海的每一寸土地依然保持着鱼米水乡的风韵，这本身也是一个奇迹！这得功归于土地承包制的改革和东海人对土地的那份珍爱之情。

挖“石头”、卖“石头”的历史并不长，东海人很快发现这种赚钱之道犹如宰鸡取蛋，说不定哪天就会把老本也“挖”没了。在热火朝天的翻土取宝之后，他们发誓要让自己的水晶变成一本万利的商品。

清醒的东海人从此开始了一场真正的几乎是人人参与的市场革命，东海因此也涌起了叠叠高涨的水晶加工热和交易热大潮。

如狂风席卷，似巨浪汹涌，一夜之间，东海大地上无论是乡村还是城镇，到处都响起那“嚓，嗞嗞——嗞嗞，嚓嚓嚓——”的机器声……

起初是一户响，后来是十户响、全村响……

开始是一家叫，后来是一楼叫、全巷叫……

“这种声音，你第一次听有些不习惯，后来你会渐渐感到习惯，再后来你会感到一天不听反而心里空荡荡的。”几名陪同我的县委干部都这么说。

我试着听，第一夜大半失眠，第二夜酣然入梦……以致数日我回京后对常常失眠的妻子说：“到一趟东海，你的病准会根治！”

那不是普通的磨声，那是一种旋律，一种无与伦比的美妙的旋律——

只有到过东海的人才能真正享受得到。

夕阳西斜、夜幕降临之时，便是这种旋律最集中和最优美的时刻。无论是下班的工人，还是收工的农民，你稍稍注意，能发现他们都会匆匆赶路回家，回到那个像缝纫机那么大的十分简单的机器前开始他们投入的激情……

“嚓——嗞”

“嗞嗞——”

追踪着这声音，我走进靠近县政府机关大院的一户4口之家。上中学和上小学的两个孩子尚未回家，年富力强的夫妇俩还没来得及吃饭，就已经开始在磨床前忙碌了。不过我见这个家的实际人数比主人说的要多出3人。

“那3个姑娘是雇的！”男主人说。他和爱人都是国家机关干部，不能不上班，可看着左邻右舍都在搞水晶项链加工，于是也攒了一千多元买了3台磨具，自己没时间干，就从乡下老家雇了3位姑娘。

“我们有分工。他跑市场，买原料，销产品；”女主人接过话说，“我主要管理家里的生产，兼做验珠、串珠和发工资什么的。”

“姑娘一天一般能磨多少粒珠子？”

“一般一人一天能磨40粒左右，手快的还要多些。”

“你们怎么管理这些雇工的？”

“很简单，干多少活，给多少钱，对她们实行的是计件制。”

“不管食宿？”

“不管。”女主人说，“她们都是早出晚归，中午是自己带饭的，到我这儿热一下就是了。”

“这样雇工式的家磨工业，除去成本和付工钱，一个月你们全家能赚多少钱？”

男主人笑笑，让我问他妻子。

“我们平均每天出 3 条项链，每条净赚 10 块左右，一个月千把块吧！”我感觉女主人的话里有埋伏，对此她承认。

“这比你们在机关工作得到的工资还多，想没想过辞职？”

男主人：“我们都是国家干部，坐惯了机关，要真说辞掉公职专门去做生意好像还没想过。”

女主人：“我们这样挺好了，工作也干了，钱也赚了，用不着辞职。”

“你们的同事中搞这种家庭式水晶加工业的多不多？”

“海了去了。我们的局长家是全局 130 多名职工中最早买磨具的。”在卫生系统工作的女主人说。

男主人是从事政策研究工作的。他从社会学这个角度介绍道，目前整个东海县城的“工薪阶层”中有 40% 左右的家庭都操起了这样的“第二职业”。形成这种势头的原因首先是政策允许；其次是受设在城内的水晶大市场影响；再次是水晶工艺加工投资少、操作简单，且又赢利多，很适合一家一户搞；同时，由于市场的活力，水晶工艺品所需原料和成品销售一般都有人送有人收，这种“买不出门卖不出门”的坐地就赚钱的“家庭工业”，对一般的职工家庭而言都适合。这种“家庭工业”的产生不仅给市场注入了巨大的活力，同时解决了广大职工单靠工资过日子的囊中羞涩之窘境，给整个地区的就业、社会风气等方面也带来不可估价的益处。

“你不是地矿部来的么，地质六队是最有说服力的，去瞧瞧吧！”他说。

看来东海水晶从头到尾都跟找水晶的人有种天然的缘分。

六队在东海的得天独厚的优势太多了，你看看那个与东海水晶市场一墙之隔的家属院，简直让人馋得流口水。

家属楼区的中间有条宽阔的水泥路，两边绿荫甚好。副队长陈建康说，往年一到这个季节，傍晚，在这条水泥路上就聚满了纳凉的人，有打扑克的、下棋的、聊天的、喝酒撒疯打架的，可是块“闹区”。

“如今的人呢？”

“都在家里磨项链呗！你听——”

陈队长让我竖起耳朵，刻意听一听沿路的家属楼里传出的声音。

我靠近听了最底层的9个单元，其中8家都有“嗞嗞嗞”的机器声。于是我进了没有响声的那一户。

屋里只有一位年轻的男主人，叫苗青昌。

进屋后，没有见到东海所有家庭几乎都有的那么一块儿磨项链的“作坊”。

“他可是队上的大户。”队长见我疑惑，忙介绍说。我听罢，不由对眼前的这位地质队员出身的“小老板”大为敬佩。

苗青昌原来是队上的一名普通职工。这些年国家对地质工作的投资减少，队上的闲置人员增多。前年，他看中了行情见好的水晶加工业，便和弟弟搭档办起了家庭小厂。开始是家里几个人串着干，后来忙不开，便雇人。如今，苗氏兄弟3家共有磨床13台、雇工20多人，成了全队最大的“家庭工厂”户主。据陈队长说，全队约300户职工家庭中，差不多家家有机器，户户有雇工。像苗青昌那样一年纯收入达二十几万元的“大户”也有，但多数年收入一般都在“万元户”水平之上。

“家家有副业，会不会影响队上正常的生产与工作呢？”我终于把埋在心头的疑问提了出来。

“说一点不影响那是假话，不过，从地质队的长远建设和职工利益出发，还是利大于弊。”队长说话直率，“职工家里有了一摊子，上班时多少会牵扯部分精力。但后方有了那部分可观的收入，前方工作就会相对踏实安心得多。我们队上几年发展的情况也证实了这一点。前几年大伙家里没副业，全仗着队上那份工作。偏偏队上的计划任务减少，富余人员越来越多，结果是没岗的人发愁，有岗的人担心，日子越过越觉得不舒心。这两年情况完全变了，一部分人分离出去专门搞副业，每户职工家又有一份来自‘家庭工厂’的额外可观收入，在岗的人干着也觉得充实。这几年，全队找矿任务年年超额完成，地质市场和多种经营收入成倍增长。用职工们的话说，叫作‘堤内堤外都丰收’。”

如此皆大欢喜的事太值得提倡和发扬了！

“家家机器响，户户奔小康”——这种迅猛而健康发展的水晶制品“家庭工厂”的出现，连东海县的“父母官”们都始料未及。县矿管站陶良给我提供的一组数字令人振奋：1991年10月1日东海首届水晶节时，全县只有2000来台项链机，不到两年后的今天，已达3万余台，净增14倍，制作项链的配套机械切割机和打孔机的数量净增值在25倍以上！而这些制作机械差不离全在个体的“家庭工厂”里。

有人说，今日的东海县从事水晶加工与交易的人数达5万人，有的人说是这个数的两倍。可以确定的是，你举足就可以听到从“家庭工厂”里发出的那“嗞嗞”发响而连成乐章的优美旋律……

女人世界

这个世界离不开女人，女人的世界总是最具魅力的，总有唱不完的歌。

有一天，我对陪同我的县干部说，哪一天我要起个早，独自到水晶市场逛逛。我很想探秘那个属于女人的世界。

有位地质工作者说，东海的水晶生产之所以这样具有全民性，是因为这儿的矿体多为“鸡窝矿”，国家不宜开采，最适合于个人采集。他接着又说，水晶制品多为镜片和项链之类的精细工艺品，女人从事最为合适。

这话不无道理。

到“东方第一城”的水晶市场走一趟，你很快会发现，那简直就是一个女人的世界。女人支撑着东海水晶市场，女人使东海水晶更加多彩绚丽。这天我起得很早，到水晶市场是5点10分。太阳尚未从地平线升起，但庞大的水晶市场上已是人声鼎沸了，来得早的都是些想占据好地段摊位的贩主。在一排排整齐的摊位前，我点了一下，34个人中女性有26人，她们大多在20～40岁。

在一对卖水晶石的女贩主面前我停下了，当我亮出身份说明来意后，年轻一点的那位很大方地告诉我，她姓孙，另一位是同村人，她们两人主要是做原料生意。

我问是不是在自已地里挖的，她说不是。

“那你们这些石料是从哪儿弄来的？”

“有云南的，也有广西的。”她回答。

“那——是从别人手里倒来的？”

“不，全是我们自己去买的。”

“自已？跑那么远？”

“这有什么！”女贩对我的惊诧不以为然，说，“我们一年要到外地跑好几十次，新疆都去过。”

“就你们几个女的？”我依然有些不信。

她笑了，那眼里分明流露出一种有些瞧不起我这个大男人的神色。

“说实在的，第一次出去时，我们也有些怕。可后来就慢慢习惯了。要赚钱么，哪有省力的事。”她说，第一次她们姐妹俩到广西找水晶石，走到十万大山那儿，几十里不见人烟。那儿的人见老远来两个女的买“石头”，很奇怪，就把她们押到当地乡政府派出所，干“蹲”了两天。后来，民警与东海这边通了电话后才把她们放了。这一次，“石头”没弄到一块，却赔了780多元的盘缠。第二次，她们有了经验，出去时到村上、乡里开了个证明，后来到云南大理那一带就没人再把她们当坏人送派出所了。那次，她们进到少数民族居住的山村，找到了一批上等的水晶石。俩人就出100元钱雇了一名马夫，把几筐刚买的“石头”驮在马上。到城里的路很远，得赶夜路。马夫赶着车在前头，两姐妹在后头跟着。忽然，她们在一个山道拐弯处发现前面的马车没了，原来那马夫把她们甩了。两姐妹坐在地上号啕大哭了一场。也许老天有眼，第二天她们就在失马的附近村上又弄到了一批上等的水晶石。运回东海在市场上一卖，除去赔的和一路盘缠，净赚了2800多元。

“以后就熟了，也慢慢摸出些门道了！”她说。

我被她的传奇故事打动，看来干什么事都不易。

“你们女的出去到陌生地方总不方便，为什么不跟个男同志？”我问。

女贩听后撇撇嘴，表示反对：“你们男的要是带钱上路，就会摆臭架子，别人一眼就会知道你兜里装的是啥。没听说咱这里有好几个汉子出去买石头被人掏得精光？”

"那女的也不一定不被人掏呀？"

"女人有女人的办法呗！"她说完，狡黠地一笑。我不得要领，心想，或许吧。

"能不能公开一下你们贩石的收入情况？"我问。

"嗯——弄好了，一个月能赚回三千五千元的，弄不好时捡个路费。"

"你们干几年了？"

"两年了。"

"一定是万元户了吧？"

"万元户？那就在家里待着算啦，咯咯咯……"她们笑我的"水平"太低了，可不是么。

九时许，是水晶市场最热闹、人最多的时间，那些从几十里外的乡村赶来，那些住在宾馆旅店的外地购货客，纷纷涌入市场，买的和卖的，拥得前胸贴后背，走一步都感到费劲。

此时此刻，我真正找到了想找到的女人世界。你看，在人头攒动的人海中，女人占了绝对优势、绝对地位。

我随意问了几位卖项链的姑娘，她们告诉我，手里的项链都是她们自己磨的，平时在家磨，逢到赶集就到市场来卖。

"一次能卖出几条？"

"十几条吧！"

人群中，见一位40岁模样的卖主，肩上手上挂满了各式各样的项链，我便上前问："都是你自己制作的？"

"没有，一条都不是我的！"她很直爽地说，"全是现买现卖的。"

这可是精明人。

"我家人手少，住房又紧张，自己不好磨，所以我就靠这样倒来倒去。"她说。

"就在这个市场？"

“当然啦！”她听我是北京来的，不是生意场上的同行，便悄悄地说道，“你要是细细看一下，这儿的项链价格各式各样。熟了，你可以从别人手里最便宜地买进，然后又轻轻松松地以最高价卖出……”

“来回一天能赚多少？”

“三五十没问题吧！”

你说她精明不精明？

在潮涌潮落的出口处，我发现有四五位着装时髦、年轻漂亮的姑娘，合伙从乡下姑娘那儿大把大把地“吃”进项链等首饰。这个奇怪的现象，引起我的兴趣。

“小姐，你们是外地来的？”我问其中的一位。

“不，我就是东海人。”

“那——你买那么多项链干吗？”

“卖呀！到外地去卖呀！”她觉得我问得似乎太幼稚。

“能不能告诉我你们到哪儿去卖，怎么个卖法？”

美丽的小姐警觉地打量了我一番。“对对，忘了自我介绍，我是从北京来这儿采访的。”我忙解释。

“我们五姐妹都住在县城，去年高中毕业后没有找到合适的工作。后来，就想到了做项链生意。怎么做呢？一天到晚坐在磨床前觉得没劲，租个店铺站柜台也没劲，在市场里像泥鳅一样游来游去倒更没劲……”

“嘿嘿，真是新一代。”我暗暗偷笑。

“后来我们想，东海的水晶项链那么好，要是让天下的女士们都戴上我们东海的水晶项链该多好啊！你们大城市不是要时装模特什么的，我们不如干脆也成立个水晶项链模特队！我们想凭着咱东海姑娘的美，凭着咱东海水晶的美，这个愿望定能实现！即使那些再不知道咱东海水晶的地方，只要我们在那儿戴着项链走一走，爱美的女士们一定会向我们打听，买我们的项链。第一次，我们到山东的曲阜表演，一炮就打响，一趟就推销出五百多条项链。第二次到河南郑州，又反响特好，赚了一万多块。如今我们已经跑了 3 个城市了。这次回来是进一批货，准备到太原去的。哎，下半年到你们北京，可多照应呀！咯咯咯……”姑娘带着欢快笑声，消失在人海之中。她的话给我的震动很大。在东海的商潮中，有各色各样的经商方式，你难道不认为她们这支生机勃勃的“小模特队”别具一格吗？她们的做法、她们的思路，对整个东海水晶市场如何向全国、全世界推进，不失为一种独特的方式可供决策者们借鉴！

“姑娘们，北京一定欢迎你们！”我默默地对她们说。

在东海水晶商潮中，女人的世界并不仅仅在市场上，更大的女人世界则在机声长鸣的千家万户。

走进温泉镇的一家私营水晶工艺制品车间，见到的是清一色的女工。主人介绍，在他们的这个企业里，全厂 80 多个人中，除厂长、副厂长和车间主任外，全都是十七八岁至三十来岁的女工。

“磨项链这活好比绣花一样，得靠眼尖手灵，女娃干最好。再说，农村实行承包责任制后，最多的剩余劳力就是妇女。所以，招工时我们的第一录选对象就是女娃们。”

老板的话道出东海水晶加工业中女工之所以居多的真谛。我们随便叫起两位正在埋头磨珠的姑娘聊聊。

个子高一点的姑娘叫尹兰娟，19 岁。她告诉我，她是前年毕业的高中生，到这家厂里已经干了近 3 年，现在，不仅学到了一套制作项链等水晶工艺品的技术，而且已经有了一笔不小的“嫁妆”钱。

“到私营企业干，家里人放心吗？”

“没什么不放心的，我们的家离这儿很近，都是早来晚归。”

姑娘说，“老板是党员，对大家都很好，还为我们成立了团支部，我是书记。”

这倒是我所没有想到的，我又问：“你们大多是有文化又有一定觉悟的团员青年，到这样的私营企业，在前途上不感觉有什么亏了？”

“没有。私有企业也是社会主义经济的一部分，姐妹们不感觉什么亏不亏，都很卖力。”瞧，不愧是共青团员。

听主人讲，那位稍矮些的姑娘叫姜士兰，是个生产能手，一天能磨一百多颗珠子。在东海，水晶加工企业一律实行计件制。那么，这姑娘收入一定很可观。“一个月七八百元吧！”姑娘扳手指，说，“嗯——这个月可以拿千把块！”

“等于你们县长三倍的工资哇！”姑娘不好意思了。

“今年多大？”

“21岁。”

“家里几口人？都在干什么？”

“爸妈，还有个弟弟。大人干家务，弟弟在念书。”

“她现在是家里的经济顶梁柱。”厂主人插话道。

“能公开一下你每月挣的钱是怎么处理的吗？”

“一半给爸妈，一半自己留着。”

“准备日后买嫁妆用吧？”众人哄堂大笑，小姑娘的脸绯红。

“你手艺那么高，没想过自己办个厂？”

“自己办厂费心，又要跑原料，又要推销产品，没有在这儿干省心赚钱多。”

在县城走访了几家集体的和私营的企业，其情况大致相同。女人们对水晶所倾注的热情与钟爱，足以使东海汉子们感到羞愧。随着水晶市场越来越热，现在许多家庭的经济来源已经明显地将男女之间的地位倒了个个儿。

任何一个社会里，妇女地位的改变，其本身就是一种巨大的进步。难道不是吗?

水晶大亨

有人说，东海的水晶市场是几个大腕人物支撑起来的。这话说得有些偏激，但却有一定的道理。

人物传奇之一：一夜大发的朱建忠

关于他的故事是在酒桌上听到的。

朱建忠30多岁，与他一起碰杯时我才知道他是东海出了名的“玩水晶”大亨。他比别人发得都早。小学三年级辍学后，就跟大人搞起水晶镜片之类的活计，不过开始干的几年纯为集体卖力，自己没赚什么钱，倒是练就了一双识别水晶的火眼金睛。1988年农历春节前，有人告诉小朱，说是甘肃敦煌一带发现一批水晶石，问他感不感兴趣。

“多少？”

“有几吨吧！”对方紧催着，“若要，带着钱速去。”

凭着敏感，朱建忠觉得值得走一趟。

从江苏到敦煌，这一趟可不近。朱建忠带上一万元现金，与自己的岳父和另一位朋友，当天登上西去的火车，直奔目的地。到敦煌后，他们马不停蹄，赶到几十里外的一个出土水晶的村落。

喔啊，小山一般的水晶石！朱建忠凭着他那识货的双眼，认定这是一笔大买卖。

“要，你们就出个价，全弄走！”货主是位姓张的当地农民，开口就这么说。

“买这种石头有规矩，得按块论价。我从来不愿破这个规矩。”朱建忠拿出一副行家气派。

“行行行，按块论价。”货主急于出手，便依了朱建忠他们。

真是一批好“石头”，最大的一块730公斤，其余的一般都在五六百斤左右。一一得一，二五得十……不多不少，25.4万元！

没等朱建忠把这个价钱说完，姓张的货主满口应道：“行行，我不爱还价，咱们成交了！”

朱建忠哪里知道，在他之前，这位姓张的已经答应以“八万元全拉走”为价码给一位买主。那买主也是位东海人，只是那人当时没带钱，说立马回去拿钱来拉货。如今又逢贵客，以三倍多的高价卖出，姓张的早已按捺不住内心的狂喜了！

这出戏朱建忠当时并不知道。不过虽然价开好了，可他身上毕竟也没带足钱。怎么办？回去拿了钱再来，这一批货恐怕就不是我的了。朱建忠比那个出八万元的同乡人高就高在这一点上：“钱肯定没问题，不过你们得把货马上给我送走！”

朱建忠说完，又亮出两样东西：“放心好了，我有单位执照，又有工作证，咱们的合同受法律保护。”

要的就是保障！货主深信不疑，百依百顺。

当夜，朱建忠他们又多出6000元，将这批“石头”连同剩余一些碎块，用两辆车拉到敦煌。本想转车托运，朱建忠灵机一动，到手的货，不能再有闪失，于是同货主商量，将大块“石头”改装另一辆载重车，直接送往东海，装不下的那部分由和朱一起去的朋友留守看着。

26万元的花花钞票，发挥了巨大的魔力。货主二话没说，跟着朱建忠等跳上卡车，开始了漫长的行程。

这天是腊月二十九。大雪飞扬在千里陇海线上，朱建忠他们一路雪里行，直到正月初五平安抵达东海。

朱建忠没失信，第二天就凑满26万元交给货主。货主接过钱后，又载了一车东海大米，满载而归。

“喂，伙计，我这儿有块大家伙，是宝，快来吧！”卸货当晚，朱建忠即给常州的一位水晶镜片商打了个长途电话。

“太棒了！”镜片商当即相中了那块730公斤的“大家伙”。朱建忠出价26万元，买主没打一个磕如数付出。

不出几天，朱建忠把所有水晶石全部卖出，净赚了78万元！

这还不算那位留守在敦煌的朋友悄悄“就地处理”的15万元。

如果不是朱建忠亲口说出这神话般的经历和一酒桌人的旁证，我绝对不敢相信这是个真实的故事。

听完后，我着实仔细打量了一下这位“暴发户”：平平常常，毫无半点特别之处。

“那次卖得太亏了，至少少赚了100万元！”他的话又使我大吃一惊。

“怎么讲？”

“我刚才不是说有块730公斤的‘大家伙’卖了26万元吗？”

“对呀，这已经不少了。”我甚至觉得朱似乎太贪心了。

朱摇摇头，说：“我的朋友买去后，加工成镜片，赚了80万元。”

“你有点嫉妒了？”

“不是的，”他说，“要是现在我绝不会卖出去让他去做镜片。那块水晶高约1.5米，直径78厘米，完全可以做成一颗稀世的大水晶球，比常州现存的那颗‘世界之王’还要大。可现在，啥都没用了……”

我们一起沉默了许久，都感到有种无法弥补的遗憾，这不仅仅是因为钱。

人物传奇之二："眼镜大王"周明

他的名字在东海可谓家喻户晓。在第一天逛水晶市场时，我们就巧遇了。陪同的同志介绍，除了周明外出时间，几乎每天都可以在市场上找到他的身影。

"寻求信息，开拓市场"，是这位"眼镜大王"特有的创业思路。

出生于水晶重点产区安峰乡的他，与水晶有不解之缘。1978 年中学毕业，他就被山东临沂一家眼镜厂聘去任经营厂长，接着又被河南伏牛山水晶厂请去当选矿技术员。1983 年春节，当了几年游子的周明在回家探亲之际，被乡主管工业的一位负责同志叫住了，恳请他留在家乡给一家长期亏损的乡办眼镜厂出把力。

乡情牵动赤子心，周明二话没说，辞掉了待遇优厚的伏牛山水晶厂的工作，担起家乡那家眼镜厂的烂摊子。精通业务、善于管理的周明上任后，大胆推行职工缴纳风险抵押金等一系列措施，工厂当年扭亏为盈，跨入全县先进企业行列。

东海的水晶首饰工艺品的历史说起来并不长，但东海的水晶眼镜的生产却有几十年的历史了。虽然这个行当曾几起几落，可它从未消失过。随着改革开放，早几年前东海的水晶眼镜业就竞争异常激烈，由于缺乏统一的管理，那种争原料、压价格、"大鱼吃小鱼，小鱼咬大鱼"的现象十分严重。

"周明，县里决定让你牵头，把眼镜这一行统管起来，你看如何？"

县领导登门找到这位能人。

周明思索片刻，说："我想咱东海也应该学学西方的管理方式，我们应当成立眼镜集团企业，把各家的优势集中统一起来后，劣势自然也就消失了。"

“好，这事就交给你了！”

领导的信任给周明注入了“强力剂”，他不顾个人得失，走东家，串西家，终于在1988年年初，成立了由几十家眼镜生产单位和经营企业组成的县眼镜协会，同时宣告东海眼镜商行开张，周明担任协会的秘书长和商行总经理。

这并不是一个美差，而是百万父老乡亲委任他振兴东海眼镜业的一副千斤重担。

从那时起，虽说周明是个私营企业家，可他干的却是领导整个东海眼镜业走向市场的“公事”。

东海水晶市场起来后，各路兵马纷纷前来抢购原料，致使东海本地的不少眼镜生产厂家成了“无米之炊”。周明看在心里，急在心里。办法只有一个：走出去，到别人不愿去的地方把原料买回来。

于是，周明只身来到了西藏，在那4800多米的高原上，他差点丢了命；于是，他骑骆驼，在内蒙古的千里戈壁沙滩一连辗转78天……高原、戈壁烤翘了他的鞋，晒脱了他的皮，换来的是全县眼镜生产厂家生机勃勃的景象。

说他是“眼镜大王”，一点不夸张，这些年，光经周明一人经销、帮销、促销的水晶眼镜及镜片就达百万副。如今的东海眼镜业已是枯木逢春、百花争艳时。

人物传奇之三：姜茂富冒富

他，是个注定要发财的人。

1975年从部队回到家乡的他，发誓要为改变父老乡亲的贫穷面貌尽自己一份力。那时，他村上的大多数农户还住着茅草盖的土墙屋，他的第一步是要让村里人都住上砖瓦房，于是，一个占地28亩的砖瓦厂在姜茂富的一手操办下建起来了。往后的日子，就是呕心沥血、苦心经营，直到看见村上家家户户盖起新房，他又将目光投向领大伙奔小康的目标。

因为一个偶然的机会，他相中了水晶这项生意。

那是个五彩缤纷的世界，同时也是一条充满荆棘的坎坷之路。

他第一次带着百条项链闯进南京大百货商场，那儿的人竟把他当作“不识相”的乡巴佬赶了出来。

“你看看这项链的成色，绝对是货真价实的天然水晶。”拖着疲倦的身子，他又闯进了一家商店的经理办公室。

“去去，就是你祖传的家宝，我们也不会要你的货！”对方一脸烦厌之色。

“啊，为什么？”

“还要我重复100遍吗？”对方突然冲着他把嗓音提高了一倍，“我们是国营商场，个体的货一律不收！”“个体怎么啦？个体也是社会主义经济的组成部分。”他不服。

“那你就回自己的家去社会主义组成部分吧。”

老姜气得差点没把手中的项链往对方头上扔去。

“我先把货放在这里。你能卖出，咱们结钱；若卖不出去，三天之内我倒赔100元。”姜茂富被逼急了，走进地处繁华街口的南京第一大商场，见了那位总经理便一吐衷肠。

姜茂富的这番话真诚、侠气，为总经理所欣赏。“好吧，留下100条，三天后咱们再谈。”

三天未到，商场总经理就把姜茂富叫去道：“你的货我们全要了，而且以后保证优先进货！”

姜茂富第一次露出笑容。

路，就是这样蹚出来的。两年后的今天，姜茂富已经是南京、上海、济南、哈尔滨等大城市的大百货商场的座上客。仅南京，就有新街口百货大楼、人民商场等五家大商场设专柜或定点经销他的产品。

都市的大老板们最愿与这位“泥腿子”水晶商贩做生意，是因为他敢拍胸脯，敢说大话：“若是买我的水晶项链，发现有一粒假珠，奖励2000元！”海报、广告、电视、报纸，那么跟着一吹，这东海温泉镇走来的“乡巴佬”名声大振。话得说回来，姜茂富干了三年多水晶，还真没人发现他的货里有假珠，那是因为他有一个严把质量关的好“后方”。

这个后方就是他的家办工厂。姜茂富的这个厂现有80多名工人、50多万元固定资产，日生产水晶项链50条，是目前东海县乡村级最有实力的企业。他的“虹凤牌”水晶项链不仅远近畅销，而且还被国家旅游局、民航总局定为“1992年中国友好观光年”标志产品。

这位农民出身的企业家的下一个目标是：到国外去办厂，让东海水晶走入世界市场。

人物传奇之四：追求高层次的王叶华

王叶华开的“东海天然水晶珠宝制品有限公司”就在我住的县政府招待所对面，第一天就引起了我的注意。几日后，没想到县委同志真的要我去采访。

这是全县第一家私营股份企业，主人与我是同龄人，一副干练和精明的样子。

王叶华现在是公司的总经理、县政协常委、市工商联委员。拿他的话讲，他是个标准的“下海人”。

因为是光学仪器厂的技术尖子，因为是连毛孔里都想把东海水晶“弄出个模样来”的少壮派，他一开始就把自己企业的目标定在超越别人的高档次上。

“国际市场上的天然水晶项链最低价在100～800美元，而质地更为优良的东海水晶项链目前的市场价仅在百元人民币以内，这是不正常现象。”他说，几年前他就立志要闯出一条真正体现东海水晶价值的制作业来。

短短几年里，他慧眼识人才，建立起了东海所有私营企业无法与他抗衡的强大的科研人员队伍。他企业的管理与产品研制、设计、销售人员，都是具有大专以上文化程度的拔尖人才。

参观他那一栋两层结构的生产与经贸融为一体的“大本营”，我看到的是一个管理规范、技术进步、产品高新的现代化企业，它显示了东海人已经开始走出那种“靠原料、吃劳力”的低水平生产活动模式，而朝着与现代社会、国际市场接轨的方向大步迈进。

王叶华告诉我，他的企业研制的“一宝牌”水晶系列产品，不仅在国内市场供不应求，而且在日本和东南亚市场上被看好。其中，“一宝牌”七彩项链还荣获“1993 年江苏科技专利博览会”金奖，并被将在日本举办的下一届亚运会指定为特供产品。

这位年轻人正在东海水晶市场引领着一个方兴未艾的新潮流……

人物传奇之五：身价百倍的朱景强

在东海水晶市场上，至今仍流行着一个奇怪的现象：那些买卖水晶石的人，不管认识不认识朱景强，一听是他来买某种水晶石，卖主们立马会把原来的价格提高几十倍，甚至几百倍。这是为什么？原来这位中学生物教师对水晶石的独特鉴赏力，使整个东海人对“石头”的认识升华了几个档次。

那是一个普通的赶集日子。这天，朱景强没有课，便独自来到水晶市场遛逛。在一个摊前，朱景强的眼睛突然发出异常的光芒。原来，一块形态独特的水晶石深深吸引了他。那块水晶石初看很一般，但透过外壳，朝内看去，却另有一番图案。朱景强内心一阵激动："能把这块卖给我吗？"

"有什么不能？按斤论价。"卖主见文质彬彬的朱景强要他的货，便拿起秤忙开了，"看你像个初弄石头的，咱也不抬价了，不多不少，给一张'大团结'就行。"

朱景强一听，忙掏起兜来。他取出一张 10 元的人民币，而另一张贰元钱票也随之带了出来："都给你！"

卖主看着匆匆离去的年轻人，瞧着手里的 12 块钱嘀咕了一声："傻瓜蛋一个。"

朱景强可一点也不傻，他把"石头"拿到家后，整整看了一下午，突然，他惊叫起来："哈雷彗星！一颗哈雷彗星！"在厨房做饭的妻子被丈夫的惊叫声吓了一跳："你这是咋啦？神经真出毛病了？大白天的，哪来什么哈雷彗星。"

"你来看，快看！"朱景强一把将妻子拉过去，将"石头"塞到妻子的眼前，"好好看看，像不像一颗带尾巴的星？"

妻子揉揉眼，凑近细看——茫茫宇宙间，一颗尾带扫帚式光芒的星座，划破苍穹，正向无垠的太空急驰而去……"啊哈，太像啦！是一颗哈雷彗星呀！"这一夜，小夫妻俩不知把"石头"拿到灯下看了多少遍，双双沉醉在发现"新大陆"的喜悦之中。

不几日，朱景强请一名手艺高超的水晶工艺制作师傅对那块奇石进行了加工。于是，一颗形态逼真的稀世之宝——"哈雷彗星"诞生了。1992 年，朱景强带着"哈雷彗星"到北京参加珠宝首饰博览会。一位韩国客商一眼看中了这件奇宝，并当场开价一万美元要买下。朱景强笑笑，婉言道："它是我生命的一部分，不卖。"

后来，权威部门给这颗"哈雷彗星"标价为 10 万美元。

当我看到它时，朱景强把一份印制好的中英文对照标价表递给我。你猜多少？20 万美元哪！

12 元人民币——20 万美元，你能说这不是天方夜谭式的升值吗？

“哈雷彗星”出了名，朱景强一时名声显赫，东海市场上迅速刮起了一股“奇石”收藏热，连“艺术”俩字是啥意思都弄不明白的老农也跟着大谈起“构思”“想象”来。朱景强对东海水晶的贡献无论是今天还是明天，将永远被载入史册，他使东海人对水晶的认识从单纯的买卖关系，转向一种高层次的多形式审美的境界。据初步统计，目前东海专门从事“奇石”收藏的人数达百名以上，他们各自的手里都已有一批具有较高艺术审美价值的水晶珍宝。

自然，朱景强一直是这个队伍里的佼佼者。我有幸看到他那方寸间的奇妙世界：那开屏的孔雀公主、外形笨拙而可爱的神龟、跃身而起的奔牛、肃杀凄清的秋景、自由自在遨游着的鱼戏蝌蚪……啊，它们太美了，令人爱不释手！不过我也感到烫手——

神龟：雕刻品，长 116 毫米，宽 65 毫米，厚 41 毫米，重 330 克。出售价：10 万美元。

奔牛：雕刻品，长 101 毫米，宽 28 毫米，高 57 毫米，重 130 克。出售价：5 万美元。

长石盆景：天然形成，长 24 毫米，宽 110 毫米。出售价：4 万美元。

这是朱景强任厂长的东海极光水晶工艺厂的工艺品价格表。我问过权威部门，他们回答我：“水晶本身就是一种天然宝石。有收藏价值的水晶工艺品，永远是无价之宝。”

我为朱景强喝彩，更为东海水晶喝彩。

第五章 “水晶都市”畅想曲

人过度兴奋会产生幻觉，人类最闪光的智慧常常在梦幻中出现，有时，一段伟大的历史开端于一种梦幻间的智慧……

那一次，我从京城坐上“空中客车”，刚迷盹一下，耳边随着一阵轻缓的音乐声，响起了一位嗓音甜润的小姐的声音：“女士们，先生们，我们非常荣幸地把您安全地带到了一个充满神话的东方新都市，这个新都市于 20 世纪诞生于亚欧大陆桥东桥头堡，其诞生是这片地区最伟大、最辉煌的历史，它将使您旅途愉快、如痴如醉……”

与所有乘客一样，我急急走出机舱。

啊，一头面向东方高高扬起头的通体发光的奔牛，把我引入一个熟悉而又陌生的城市——

矗立在眼前的是一个仿佛属于“星球第二帝国”的巨大的水晶球式建筑。走进一看，原来是代表这座城市特色的庞大的候机室。那是个多功能的候机室，地面、墙壁和天庭一般的楼顶上，除了嵌金的各类东方式花纹外，均是一色的乳色晶体面，清爽、高雅，令人心旷神怡。

走出候机大厅，前面是一条直通都市中心的绿荫大道。当坐上豪华舒适的轿车后，你很快会发现，这条绿荫大道与众不同，它是由一个又一个石英面球体连接而成的。导游小姐告知：这是都市新开辟的“项链道”。可不，它与姑娘胸前佩戴的项链一模一样，只是放大和直串起来了。

我和一群刚下飞机的中外宾客被送到一个奇特的建筑群内。

好熟悉的地方呀！我一下子想不起在哪儿见过。当抬头看到“龙王宫”三个大字时，我才恍然大悟：是在《西游记》里见到的。“龙王宫”大极了，也华丽无比。我们每一位客人都首先去看“龙王爷”——那是由一个年长的人扮演的，然后由“虾兵蟹将”们带我们进各自的小庭殿。里面的一切陈设都按海底世界布置，喜得几位“老外”嗷嗷直叫。回去后睡不着觉，便跟着“老外”去逛街。

这里的夜景简直可以同巴黎、纽约相媲美，而且更具特色。一路上，不时有娇艳美丽的“水晶姑娘”给我们献鲜花。姑娘们的服饰非常独特，你凑近一看，其花纹图案都是仿水晶棱面形的，而颜色则有乳色的，有茶绿色的，有彩虹色的，有蔷薇色的，在灯下，个个光艳照人。大街的两侧，到处可见“水晶卡拉OK 歌厅”“水晶夜总会”“水晶情侣楼”“水晶饭庄楼”“水晶音乐厅”……几位“老外”见后好奇地朝里走去，不一会儿哈哈大笑出来，连声赞道：“东方人太浪漫了，我要告诉所有朋友，让他们都来这里观光！”

再往前行，我发现了一条熟悉的大街——“钢铁路”，这不是水晶市场的所在地吗！

不错。不过这里已面貌大变。百米宽的街道左侧是28层高的“新亚欧大厦”。大厦的楼形别出心裁，近看，是一枚凌空而起的巨型“水晶柱”；远看，如一座屹立于东方的桥头堡。我一下子明白了设计者的匠心，它把东海这个“水晶之乡”和新亚欧大陆桥东桥头堡的特殊地位，融为一体地向世人展示它的风姿。与商业中心“新亚欧大厦”相对应的另一个大型建筑是文化娱乐中心“水晶宫”。晚间9点，这儿却依然热闹非凡。进进出出的人中，不仅有本地人，更多的是来自五湖四海的宾客。“水晶宫”里面是个立体式的多功能场所，什么“影视城”“健身宫”“海滨泳池”“小吃街”“羽山情侣别墅厅”……应有尽有。

逛完“水晶宫”，已是东方拂晓时。我们都毫无疲倦之感，悠然来到新都市最繁华、最壮观、最吸引人的“中国东海水晶城”。

“啊，我来过，这儿就是当年的水晶市场呀！”我大叫一声，朝前奔去……

……我突然发觉自己坐在北去的火车上。呵，原来我做了一个梦。

这是一个好梦，一个改革开放中的东海人给我编织的好梦。

其实，对于东海人来说，建立人类历史上第一个“水晶城”的愿望，已经不是什么神话了。他们从 1991 年国庆节成功举办首届“中国东海水晶节”起，已经开始将“世界石英中心”的宏伟蓝图付诸现实。

现任县委书记王向明、副书记郭士祥与我一拍即合。他们告诉我，在大力发展社会主义市场经济的今天，石英、水晶的开发已经成为东海发展工业、振兴经济的突破口，其生产模式也多种多样，“家庭工业”的单一形式、产供销一体的综合形式和跨世纪跨部门的联合形式，以及中外合资形式均已形成，并各显神通。全县目前利用石英、水晶建成大型工业项目 170 多个，其中相当一部分是走向国际市场的深加工业。全国最大的石英管材厂东海玻璃制品厂是拥有 4.6 亿元固定资产的国家级大型高规格、高质量的玻璃生产厂家，而由曲阳乡投资的另一个人造水晶加工厂，则是国内以高科技、高附加值开发为目标的最大的人造水晶企业。今年以来，县委、县政府又决策成立了水晶、石英开发、生产、销售、信息、研究等配套机构与集团公司，东海本土的“世界石英中心”的帷幕已经拉开……

这是令人振奋的一幕。

自古以来，东方人的事业注定要震惊世界。东海和东海水晶作为中国的一方天地与一种市场热点，同样注定要为世人所瞩目，所震惊！

1993 年 7—8 月　东海—北京

（注：本文采写时得到了东海县委宣传部穆道俊等同志的大力支持和帮助，在此一并表示感谢。）

在水一方

这个题目似乎多了点诗意。其实，用在他们身上是最恰如其分的了。

在保定市，在华北，在华中乃至整个中国的广阔地域上（特别是山区干旱区），提起“水文四队”“水文所”，可谓无人不晓。“水文四队”是如今地矿部水文地质工程地质技术方法研究所的前身，而“水文所”则是这个单位的简称。

记不起是哪位诗人这么写道：

历史的老人扯不断一匹匹岁月的布
难留下几道闪烁的纹丝
大山里的地质队员仅流星般走过一次
则载下丰硕而永恒的恋思

关于水文所，已执政 10 年的现任所长、高级工程师孙德钦是见证人和创业元勋。这位水文地质专家 1959 年从长春地质学院毕业那天，就来到了这个单位。那时不叫“水文所”，全名为“地质部水文局治沙大队”，也不在古城保定，而是在大漠深处的中蒙边境的一个小沙村。一峰骆驼、一只罗盘、一顶帐篷，是当时孙德钦他们的全部工作条件。

早晨，我从淹脖的沙被起床
啊，穿黄袍的风又如女神将我拥抱

像所有浪漫诗人一样，孙德钦他们一边嚼着碜牙的沙子，一边啃着硬邦邦的面包，用诗充实着自己的找水生涯。

你不会相信，一位闻名全国的水文地质战线的老专家、老知识分子，当年竟是不到 14 周岁就进洞房的“小女婿”。他在 18 岁上中学时就已经当了“爸爸”。大学毕业的第二年，他有了第二个孩子——这期间相隔十年。其实，就是十年过去了，他自己还是“大孩子”呢。如今二十四五岁的小青年，你能说他是大人？

孙德钦的经历，差不离是中国老一代地质工作者的经历。

早早地有了家，早早地有了孩子，却永远没一个固定的家，却永远不在妻子孩儿身边。孙德钦从有第一个孩子起，到1982年才把全家接到队上，这中间整整相隔35年。

没有一声怨言，默默无闻地奉献着。

若不是这篇作品的问世，这个功勋卓著的水文队伍的昨天也不会被人提起。

孙所长从箱子底层给我找出了1974年由科学出版社出版的《山区找水》一书。这本科学成果兼学术论文书籍，竟能在那个年代一版再版，发行量达八万余册，仅凭这一点，你便能猜出这个所创造的奇迹。

“那时，我们保定水文四队被传得神了。”老孙谈起当年，激动不已，“给你举个例子，就说河北曲阳庞家洼找水那档事吧。那儿缺水，打后唐年间就有记载，满山坡都是残碑与坟茔，小山村几度炊烟断绝，留下不堪目睹的贫苦。我们在那儿定位一井，便从地心涌出一口日流量数百吨的泉水。后来，我们又在这一带定井数眼，眼眼见得大水。百姓们喊我们是‘风水先生’——这个称呼在当时敢喊的不多，而我们的队员每到一处，乡亲们都毫无顾忌地这样称呼我们，因为我们创造的‘定一点见水’奇迹，使地质部、水电部、当地的政府几次召开现场会，水电部还组织全国干旱山区干部、技术人员代表，簇拥着我和几名同事，大客车、小卧车、摩托车，浩浩荡荡地从河北经山西，抵河南……巡回数十个县。”

昨天，太多的迷恋，太多的回忆，太多的辉煌。

这是所有中国地质队的共同特征。

可是进入八九十年代的今天，我们的地质队怎么啦？

教授级高工因为没有科研报告可写，只得改行去卖冰棍；四十不到的年富力强者因为没有钻探任务，只得打报告提前退休；分居数十载终于团聚的夫妻因为拿不到全额工资糊口而不得不再度天各一方……

这是怎么啦？

是历史在倒退？是共和国忘却了她的创业者？

并非如此。

然而，这些都是发生在地质战线上的活生生的现实。

看一下水文所最近几年的境况吧。

国家每年（作为国家重点科研单位，由国家科委直接负责拨款）给水文所的拨款为140万元。

听起来这个数不小。全国像水文所这样的国家直接负责经费的单位不下几百个。

仅此一项，每年就得从国库里拿出几十亿元。

每年140万元拨到孙德钦手里，这位既是科学家又是行政长官的人总有说不出的苦衷。

扳扳手指头算算吧：

全所376名在职职工加上52名离退休职工，共428张嘴，一年工资就得150万元。

还有下面几项是必不可少的开支：

冬天取暖费——28万元；

医药费——15万元；

水电费——17万元；

电话费——3万元；

房屋财产维修费——12万元；

各种摊派和杂费——5万元。

以上累计80万元，加全员工资总额共230万元。用职工们的话说："研究所的大门一开便要掏兜里的钱。其他杂七杂八的预料之外的费用，如上级领导机关和兄弟合作单位来员及报社、学校、街道云云要广告要赞助尚不算入，不多不少缺额整整90万元。"

"第一年上任时，财务科长和总经济师给我这么扳指头，我就差没马上写辞职报告了。"孙德钦所长这么说，"可我不干，别的同志上来不也是这么笔账吗！还搞什么科研，就让大家糊住一张嘴，我这个所长就得想法去再弄90万元钱。当时只有一个感觉：肩上的担子重哪！"

"谁不重？小小一个科研所是这样，那上面的局长、部长、总理、主席的担子呢？想想这些，我就没辙了。党把这副担子交给了咱，只有一条路可选，就是硬着头皮，搭上这百十来斤也得干。"回想当初，孙德钦不无感慨。

中国有句老话：逼上梁山。

水文所就是被改革的大环境逼上"梁山"的。

在市场经济的滚滚洪流中，对一个私营企业，对一个经济实体诸如工厂商店来说，今天我们不是经常听到这般那般的呻吟与呐喊吗？甘苦、希冀、焦虑、期待、奋争、拼搏、冲击，不是有那么多阵痛吗？

那么，一个科研单位在这场不可回避的经济革命中是怎样走过来的呢？

第一乐章　A、B、C 与铜板的撞击声……

党委书记都兴权，这位“铁师”三十八军某团政委出身的政工干部，见面就给我讲起了一则意味深长的故事。

今年春节刚过，当所里的科研人员们正三三两两走进机关大院，准备新一年在科研领域再显一番身手的时候，不知是谁大声惊呼道：

“啊呀，变天了！变天了！”

众人惊愕：“变什么天呀？”

“你们瞧瞧，咱水文所不叫水文所了，改成保定什么大盛塑料制品有限公司了！”有人往办公楼大门口上方指去。

没错，办公大楼上确确实实挂着一块无比醒目的新招牌。那招牌至少有 10 米长、1 米高，而且就对着车来人往的大马路。

“我的天哪，这这这……我们的水文所还要不要了？”一向以身为科技人员为荣的众工程师、众高级工程师，还有研究室主任、总经济师们仿佛一下子被人当作一块无用的抹布扔进了垃圾堆一样，顿时无地自容。

“走，找所长、书记去，问问他们水文所还要不要！科研还搞不搞！‘科技是第一生产力’的话还灵不灵了！”

“对，找他们说个明白：到底是留我们这些‘老九’搞科研，还是让那些有几个臭钱的老板骑在我们的脖子上？”

“有老板就没有‘老九’，有‘老九’就没有老板！走，找所长、书记去！”

一向文质彬彬、忍辱负重的众知识分子们咆哮与愤怒地冲向二楼的所长、书记办公室。

其实，关于办公楼上的那块大牌子，所长和书记亦都蒙在鼓里。

“看看，咱们堂堂水文所的牌子才那么一点大，这块野牌子竟比它大十几倍！反了，简直是反了！”

“可不是，咱们‘老九’的脸没地方搁，所长、书记你们的脸也没地方搁呀！”

“这几个年轻人！”书记看看所长，所长看看书记，不由得对视苦笑起来。

俗话说：“初生牛犊不怕虎。”年轻人的胆子确实大。早在前年，当市场经济的强劲东风刚刚吹起，水文所面临今后的路该朝何方走的时刻，物探仪器研究室的刘保安和另一个研究室的张全这两位年轻人待不住了，他们商议着不能再躺在连肚子也填不饱的科研经费上“挨饿”。邓小平“南方谈话”，更坚定了他们欲在市场经济大潮中搏击一番的决心。当他们把想法向所长、书记提出后，两位党政“一把手”说：“你们只管大胆想，大胆干，我们全力支持！”

有“现管”的“尚方宝剑”，刘保安和张全成了第一对从研究室“龙门”跳出的“下海人”。

市场经济可不是闹着玩的，弄不好刚下水就被“海水”呛得窒息。刘保安、张全全然把这一切扔在脑后。所里穷，他们就自个儿掏钱从北到南，差不离考察了半个中国，在好心人的指点下，终于找到了一个很有市场的行业——塑料制品业。

“我们要办个塑料厂！”当刘保安、张全向全所上下公开自己的秘密时，不少人暗暗发笑，说不相信在研究室里搞科研不安心的人能在社会上混出个人模狗样来。

“池塘里游泳自然好，可没有水源，再好的池塘也练不出大的游泳本领。如今所里缺少科研经费的状况就像池塘里没有水一样，再守在池塘里不去想点其他法子，等于自寻绝路！”刘保安、张全不畏别人的风言风语。

“下了决心的事就要干到底。办厂没有钱？先甭急。我们可以号召大家为你们集资。”所长、书记还有工会主席等领导给年轻人打气。

正当刘保安他们为办厂无资金而伤透脑筋时，由所长、书记和工会主席把带头参与及亲自跑下来的10万元集资款与15万元银行贷款送来了。

年轻人的心滚烫：“办不好厂就是当龟孙子也要报答全所人的滴水之恩！”

信心是一回事，干又是一回事。一对搞地质科研的年轻人，去干与地质毫不相干的塑料制品的产销工作，真可谓“擀面杖吹火——一窍不通”。刘保安、张全并没有被困难吓倒，事实上从他们“下海”那天起，特别是从所长、书记手中接过25万元集资款与贷款后，就再没有后路可走了。

步入商品经济，一切空话、废话都没用。

没有厂房，他们先从所的修配车间挤出一块地方，又自己动手改建了几间简易房。

为省一笔原材料的运费，他们从所里要了两辆车跋涉千里行程从汕头运到了保定。

设备调试的过程好比十月怀胎。那些日子里，刘保安、张全吃住在车间，没日没夜地捉摸着一件件陌生的零件与一台台陌生的设备。

七月流火之日，塑料厂仅用了三四个月的创建时间，就投入了正式生产。当那一件件五彩缤纷的塑料制品从昔日执罗盘、握图纸的地质队员的手中脱颖而出时，全所上下好不激动与兴奋。

“看来，‘老九’不一定就当不了老板呀！”

“可不是，市场经济也有我们施展的天地嘛！”

端了几十年“事业费”饭碗的科研人员们第一次在看得见、摸得着的商品经济面前动了心。不过，此时此刻也只能说是“动了一下心”而已。

说来也怪，刘保安、张全的头一脚引起的倒不是所里人的关注，而是被保定市政府几个部门的有识之士盯住了。

25万元的贷款与集资款下去，生产刚呈良好势头，资金却又成了问题。

“小刘，有你这样的能人办厂，大有希望和前景，我给你投50万元，塑料厂算我一股。”地区轻化工部门的老板陈树春雪中送炭。

真是天上掉馅饼，刘保安这位铁汉子一听差点没掉下泪来。

“哎哎，只管用，就是赔了这50万元，我也没一句怨言。”陈经理捧出火一般的热忱。

自跳出研究室，刘保安“下海”后一路受到上上下下、所里所外如此的全力支持与信任，这种动力远比几十万元的资金分量重得多，能干不好吗？

塑料厂虽然起步低却蒸蒸日上，刘保安他们的创业精神又一次感动了“上帝”——保定市工会技协又投来50万元。

不到半年时间，一个白手起家的股份企业——保定大盛塑料制品有限公司轰轰烈烈地宣告成立。

水文所办公楼上的大牌子就在这个时候挂了出来！

对刘保安、张全这样的企业家来说，这是必然要走的路。可对那些一直以科研为本的研究室里的大大小小的知识分子来说简直是一枚炸弹在身边爆炸——他们的心里失去了平衡。这种失衡既有传统观念上的，又有自身价值上的。

“赚几个臭钱就要在我们这些干了一辈子科学研究的人员头上拉屎，成什么体统！”从这些骂声中细细分辨，能发现它们本来就有很大的脆弱性。不过，所长孙德钦、书记都兴权等领导能理解。因为，要让已经为国家的科研工作奋斗了十年、二十年，甚至是一辈子并且不乏已卓有成绩的专家、学者在商品经济面前一下子动摇自身的存在价值，这是件痛苦的事，而且不是一般的痛苦。中国的知识分子之可爱，就在于他们可以忍受哪怕是少给或不给经济与物质上的任何待遇，但绝不允许在声誉和自身价值问题上掉半点价！

办公楼上的大牌子还摘不摘？水文所的上上下下全都看着所长、书记，等其定夺。

所长问书记，书记回答："我看可以不摘。"

“为什么？”

“原因很简单：这是咱们水文所由纯科研单位迈向市场经济与科研工作并进的第一步。这第一步要往后缩，以后就再不好迈步了。刘保安他们挂大牌子事先没跟所里汇报商量，这做法欠妥，但年轻人敢作敢为、大胆向公众亮出自己朝市场经济迈大步的勇气与精神很可贵，我们应当支持。再说，在市场经济的今天，咱水文所面朝社会的最醒目处出现这么一个名字响当当、有气魄的牌子，这不仅不会损害我们水文所原有的公众形象，相反人们会觉得水文所这样一个技术雄厚、人才济济的科研单位在商品经济的今天，又迈大步了，这是最最光彩的事嘛！”

“咱们又想到一块去了！”所长孙德钦兴奋不已，“关于职工的思想工作，还是请书记用方才一番话的意思来做个报告如何？”

“当仁不让。”都书记幽默一笑。

水文所有这两位党政“一把手”搭档，是全所人的福分。

牌子不但没有摘下，而且永久地挂在了办公大楼上。后来，大家也慢慢地看顺眼了。再后来，大家说，有这个牌子，咱水文所在社会上好像更合时、更有影响了。

这不假，刘保安他们的塑料厂如今是名副其实的股份公司了。公司下面已有十几个分厂，年产值达千万元，产品销往好几个省。这公司牌子响了，水文所当然也跟着沾光。

刘保安、张全两位年轻人跳了“海”，并且搞出了名堂，犹如一股飓风冲击着科研室的一个个知识分子。

“有什么脸面不好的！与其说抱着吃不饱肚子的饭碗搞科研，倒不如先痛痛快快地到市场经济大潮中搏击一番！”于是，学着刘保安、张全的样子，一批又一批本来就因为经费不足而做事不多的科研人员走出了研究室，投入了市场经济的全新领域。

据所长介绍，他们如今已有近三分之一的人去搞经济与创收活动了，办的企业也如同雨后春笋。可不是，我在水文所采访期间，在饭前饭后间隙的散步中，亲眼看到沿街的一条线上，挂着醒目标牌的门面一个接一个，它们都是水文所新开办的企业与经济实体，一片生机勃勃。

这中间有两位技术人员的事特别感人，他们一个叫李明，一个叫宋金奎。

今年春节刚过，李明、宋金奎分别离开了绘图室和规划室，他们决心要像刘保安、张全那样，也痛痛快快地去尝一次“下海”搏击的滋味。

他们看中了眼下市场上很“火”的高丽板生产，于是俩人凑出两万元家底到北京一家单位去学技术。

“学可以，但你们先交7000元观摩费。”对方说。

这是哪门子的事？第一个下马威就把李明、宋金奎呛得不轻。所谓观摩费，是指你看了不想学或者是想学，这7000元都得归人家了，如今是商品经济，宰你又怎么啦？既然出来了，总不能连瞅一眼都没有就打道回府呀！ 7000元就7000元。俩人一咬牙，来了次潇洒。

货——看来还是真的。“怎么样，学不学了？”对方笑眯眯的，意思是说，你们不学也不要紧，我已经赚了7000元了。

李明、宋金奎一合计：学！

“学，好。不过，得再交一万元。”

“什么，还得交那么多？”李明、宋金奎再次瞪大了眼睛。

“那当然，这是专利技术。你们学会了，日后可不是这7000、2万的数！”对方说。

李明、宋金奎想想也是。唉，只怪自己穷呗。这一夜，俩人在一家小旅馆里可没睡着觉。为什么？很简单，这2万元一旦抛出去，如果日后高丽板生产搞起来了，或者搞好了，倒没事；可要是搞不起来或搞不好，那2万元不是白扔了？ 2万元，对于干巴巴拿几个工资的科技人员来说，是一二十年的积攒与心血呀！

对李明、宋金奎来说，这一夜就像十年沧桑。不过，他们还是勇敢地挺了过来。

所里对他们办高丽板厂给予了全力支持，资金不够，所长、书记亲自带头集资，全所人也跟着踊跃筹集8万余元。

我采访时，这个名叫“克曼高丽板厂”已开工20多天了。我所看到的厂房车间虽然还只是个作坊式的，但据李明介绍，他们刚生产就每天都有客户上门订货，因此，他们对企业的前景充满乐观。

是的，有这等舍家忘我的精神办企业、赶市场，还能有什么事不成功呢？

第二乐章 “室内剧”与“室外剧”的“协奏交响曲”

水文所的科技人员从刘保安、张全等人办厂的实践中，慢慢地悟出了这样一个道理：在全社会走向市场经济的大变革中，任何单剧戏要唱好演好绝不会像计划经济时代那样容易了，尤其是一个每年科研经费严重不足的专业研究所，要想在本专业上始终保持一定优势并争取发展提高，演唱“室内剧”已经难有那么动听了，只有将“室内剧”与“室外剧”一齐调动起来，才有可能“心想事成”。

这一转变过程，对已从事单一的纯科技工作几十年的水文所广大知识分子来说，是痛苦的，但他们毕竟挺了过来。他们一旦挺过来后，那“科技就是生产力”就真正体现其威力了。采访中，令我触动甚深的是这个所的决策者在这个方面的远见。

所长孙德钦今年已是近60岁的人了，然而他的思路比年轻人还活跃与敏捷。他给我勾画了一个又一个有关水文所今天和明天的宏伟蓝图，我听得颇为振奋。当然，我感兴趣的自然是他已经和正在做的事——原因很简单，它可以丰富我这篇报告文学的内容。

几年前，关于水文所的科研实力和内部机构，我已知一二。如今当我再来此地，我才发觉虽然还是那些人，还是那么几幢楼，然而全所的内部机制却发生了巨大的变化。

所长告诉我，研究所原有的十几个科技研究室依然保留，不同的是他们根据市场经济需要，已经把全所行政、科研、后勤三大块改成了颇有商务味的“经济开发”“科技开发”和“多种经营”三大体系，并分别形成独立机构，而且副所长和总工、总经济师三个人如今是这三个体系的“老板”（孙所长本人也兼任了一个公司的总经理）。

譬如“经济开发”这一摊，原来只是些行政部门，如今变成了“计财部”“劳人部”“设备管理部”“房产开发部”。它们既承担研究所原来的职能，又按市场经济管理模式，担起了直接参与经济活动的职能。也不知咋的，其实差不离还是那些人，只把职能朝市场经济倾斜了一下，而今你再到水文所稍留意观察一下，保你伸出拇指喊“OK”！

我仅注意几个地方：厕所、家属楼道、院子和办公室。

在每个厕所的水池墙上，有个神奇的红外线装置，人上去后冲水管就哗哗流淌，人一离去流水就戛然而止。我没问过这样一来一年到底能节约多少钱，但从这一件小小的事情上就可以看出水文所的人的精打细算。

与管厕所水相仿，家属楼道与公共场所的灯火管理问题是许多单位常抱怨而常解决不了的老大难。水文所安的全部是声控灯。

一滴水、一个灯泡，看起来都是小事。俗话说：“粒米能堆成山。”水文所过去仅公用水电费一年就是 17 万元，如今据说可省下好几万元。

水文所的又一大景观是他们的办公室发生了大变化。我没来得及到各个办公室去，只留心瞧了瞧党委办公室。我问书记：“为什么你与政治处的全班人员待在一个有里外间的办公室呢？”书记说：“我们把省出来的房子全部租了出去，虽然保定的房租没北京贵，可所里发动机关行政部门调整了一下办公室后，租出几个房间一年也能赚回好几万元。”

账，他们是算绝了。

孙所长最得意的是“扣人头费”。原来的机制是水文所全年光吃人头费一年就得吃掉 150 万元（注意：上级每年拨款总数为 140 万元），这只“大老虎”太厉害了，不解决这个问题，水文所难有翻身振兴之日。

“想什么高招？赶呗，把闲散、多余的人往‘海’里赶呗！”孙所长说，“我们的高招就是大张旗鼓地鼓励机关与科研室人员‘下海’办企业、办实业，并且给予尽可能的优惠政策。”

如今“下海”在大都市和一些机关似乎很时髦，可对过去几乎封闭的科研单位来说，并不那么时尚。

“第一次我们赶走 21 个青工就不那么容易。”所长给我讲了一个有趣的故事：去年塑料厂起来后需要招工，所里决定把在岗的 21 名青工从研究所、机关调到企业去。这 21 名青工都是本所职工子女，大多是技校毕业生，难免有裙带关系的因素。原来青工们都有个“铁饭碗”捧着，所里的决定发出后，就是没人到塑料厂去报到。所长、书记、工会、团委一起做工作，大伙后来都明白了一个道理：要想吃得饱，未来日子过得好，光靠上级拨的款，到 2000 年水文所几百号人也难到“小康”。第三天，21 名青工全部到塑料厂报到了。

“这七赶八赶，如今所里已有三分之一的人不吃‘皇粮’。仅这一笔，你算算我一年省下多少万？”孙所长能不得意吗？

上面这些应该算是水文所唱的“室内剧”的延伸吧！那么听听他们的“室外剧”，你定当心潮澎湃。

这个所的决策者很清楚，他们真正的优势在科技。眼下全所有 17 个科研室，其中不乏全国一流的专业技术科室和拳头产品，如何把这方面的优势发挥出来，其作用和意义无疑至关重要。

中国有许多在全世界独占鳌头的技术，却因为受到种种客观因素的限制而不能显示威力。水文所面临的最大的问题是无米之炊。

搞科研是要钱的，没有钱是难以出高科技大成果的。所里没有钱，怎么办？水文所一批执着为中国科技做些事的科技工作者在编导“室外剧”时，头一张“唱片”灌的是“状元讨饭曲”。

何谓“状元讨饭曲”？就是这批在国内有知名度的水文“状元”们，甩下羞涩的脸皮，到处去磕头要活干。于是，曾几何时，北京及一些省市的科研院所、大中型企业，来了一批又一批水文所的人。

“你们有啥没人愿干的科研项目吗？”

“先不给经费也没关系，干好了你们看着办；干不好，我们分文不取。”

有这样好的人雇，谁见了心头不暗暗高兴？于是，水文所有了一个又一个科研项目。然而，聪明一点的人都明白：接受这样的科研任务，实际上是给自己的脖子上套了一根又一根绳索。

背水一战，“状元”们空前团结协作。

能源研究室从1984年成立那天起，所长就有意“欺负”员工们，除了工资，一个子儿也不给。10名技术人员横下心要干出名堂给全所人看。听说国务院能源办的专家们非常想得到一份以山西为中心的我国能源基地水资源分布资料，他们毛遂自荐，自己掏腰包干。“不可思议，也不知他们是咋整的，居然瘪着肚，硬是把这么一个重要的科研项目给拿了下来！”当能源办的专家们手捧水文所能源研究室的同志们呈交来的《以山西为中心的我国能源基地水资源分布图》时，又惊又喜。“这么好的队伍，为什么不让他们吃饱了肚子干？”于是，能源研究室遇上了大慈大悲的“如来佛”，再也不用像过去那样出去“讨饭”了。这五六年间，全室每年人均创收超过万元。

钻探工艺研究室连头带脑四员将，他们的科研经费和条件更可怜。踏遍青山者对山一样的难题并不畏惧，相反，他们知难而进，大胆瞄准国家重点项目，自己没有实验室，又没法“出血”，什么事都得从一点一滴干起，居然用蚂蚁啃骨头的精神填补了几项国家钻探工艺空白，像空气潜孔锤钻井、空气洗井常规钻井、气举反循环钻井等十几项重要成果还获得了巨大的经济和社会效益。

声波研究室有个小伙子原是位内招学员，叫李洪诗。小李到所时正逢不景气期间，这位只有中学文化程度的青年怀着一颗赤诚之心，边工作边自学，坚持 5 年函授学习物理声波技术，搞出了 SSJ-2B 与 SSY-6B 两项科技发明，并均被地矿部评为科技成果三等奖。仅他一人的一项科研成果，每年就为所里创收十几万元。

有这样勤奋、执着的精神，世上什么高峰不能攀登！

国家重点工程秦山核电站的地下岩体测试任务是块“硬骨头”，有关部门听说水文所在这方面的技术独树一帜，便来请贤。当时声波室的四员将士中有一名正病着，如此重要的任务就剩下了 3 名同志担负。二十几个单孔加两组跨孔，又逢酷暑季节，这 3 名同志山上山下不分昼夜地工作。原核工业部的业务部门在验收他们的工作成果时，喜出望外地说：“想不到你们的工作做得这么快又这么好。说定了，以后这一块工程地质任务就给你们水文所了！”

在前些年全国科研单位均因缺乏经费而陷入低谷的日子里，水文所就是用自己的“拳头技术”和“拳头精神”，赢得了一项又一项科研项目和一笔又一笔科研经费。

不断研制和开发拥有当代最先进水平的技术与产品，用这样的技术与产品去占领市场，再用从市场上争取到的奖金和高新尖课题来充实和武装自己——这就是水文所几年来以科技养科技所走出的一条“滚雪球”模式的道路。

我把它称为“室内剧”与“室外剧”的“协奏交响曲”。

你想听一听这交响曲激昂、美妙的乐章吗？

我自然要首推他们那个被人称为“水源神探”的大地电场仪。它的全名叫 YDD-A 型、YDD-B 型音频大地电场仪，它的主人是高级工程师连克及他的助手。

一台像赤脚医生身上背的药箱那么大的仪器和连克这个人，在中国大地上导出了使千百人为之倾倒的一幕幕神奇之戏——

戏之一：

1987 年，大旱如妖魔蒸干了山东泰安一带的每一寸土地。大汶口镇一带是所有旱区中受灾最严重的一个乡，全乡七万余亩地已近半数成为“绝产田”，八万人和牲畜面临着或举家远迁或听天由命的选择。

“我们可以保证给你们打出水，且打钻时不用水，不用电，而且价格绝对优惠，每口井三天左右完成，可以立书写状：不见你们满意的水，不收一分钱！”

镇长和百姓们冲着几个手持地矿部水文地质工程地质技术方法研究所介绍信的陌生人，吼着说：“咋，吹牛不要钱你们就可以随意往咱灾民头上拉屎了？滚一边去！”县里、区里、市里，甚至省里来过多少个打井队，花了多少钱，一个个希望全泡汤了，你们几个外乡人说话如此轻飘飘的，不一边儿去到哪儿？

一边去就一边去，水文所电法班的同志不在乎人家怎么损自己，他们背着仪器在周围转了一圈，朝地一指，说：“这儿磁场反应异常好，准有水！”

“立马开钻！”

三天一转眼过去了，那机台边的空压机刚一启动，一股清泉像早已等不及似的从地心深处“哗哗”往外涌……

“水！水！打出水来啦！”旱灾深重中的乡亲们简直是发狂了。

“能、能不能再打一口？”

“能！”水文所人一口答应。第二天，一口 114 米深的井当天见效，水量达每小时 8 吨！

“能不能再打口水井？”

“能！”第三天，又一口井动工。钻机刚下 24 米，大股大股的清泉直往地面上蹿……

“神了！他们比神仙还神！”数不清的农民兄弟们趴在清泉旁一遍又一遍说着，热泪洒满了衣襟。

戏之二：

1992 年 2 月 20 日，北京中南海。

时任河南省省长的李长春受全省 2000 多万干旱地区人民的重托，专程前来向国务院汇报灾情：半年来，豫西豫北地区平均降水量仅为 39 毫米，比本世纪最为干旱的 1942 年还少 30% 的降水量，郑州、洛阳、三门峡等城市 80% 以上的河道断流，509 座大中小水库枯竭，500 余万人畜生命垂危，千万亩农田干死无救……请中央火速援救。

任务落到了地矿部，张文岳副部长亲自出征。

没空儿扯废话，一分钟也不能耽误把井水打出来！张副部长下了死命令。

打井？这么容易？巩义市竹林村花了 300 万元打了 3 口井，结果无望，村长被村民撵下了台。地矿部就那么有能耐？

“把水文所的人找来！火速！”张文岳一笔挥就，电文直传保定。

高工连克顾不上回家披件衣服，跨上吉普车直奔千里外的中原灾区……

12个小时后，连克等按时到达郑州，马不停蹄又赴重灾区陕县硖石乡卫家沟村。到达目的地后当日确定井位，次日便开钻了。3日之后，当钻孔打至182米时，只见孔内的清泉喷涌而上……那正是子夜时分，然而，方圆几里却一片沸腾，人们见水如狂，闻水如醉，就差没有把连克等地质队员们喊为亲爹恩娘了。

读到这里，不知道你有什么感觉。我想，你一定会和我一样感叹，感叹水文所人过硬的本领与滚烫的心。

是的，水文所在专业技术方面有许多令人折服和赞叹的“绝活”。

谈起此类话题，孙所长、都书记颇为自豪又富有激情地介绍道：通过全所广大科技人员几年的努力，目前已经形成在全国具有很强竞争能力的六大技术系列和十大拳头科技产品。这些技术和产品加上全所上下的工作精神，使得水文所不仅在国内的水文、工程和环境地质方面承揽项目独具优势，如鱼得水，而且有些技术与项目已经打到了国际市场上。

在所会议室，我看到了琳琅满目的奖杯、奖旗，其中有来自国家科委、地矿部等的国家级奖励，也有沂蒙山区普通村民写的感谢信。从这些奖杯、奖旗中，我看到水文所人在祖国广阔的陆地、海洋和蓝天间的一个个矫健的身影，以及为了自我生存、发展所做的种种艰苦努力和创下的辉煌业绩。

“七五”以来，该所共完成科研项目达近百个，其中有28项成果获得省级以上的奖励。同时还获得大量技术市场收入，仅1992年，全所因科研而获得的收入就达143万元，加上其他多种经营收入，共计250多万元。这无疑彻底解决了水文所的基本生存问题，同时为其腾飞打下了经济基础。

“这仅是振兴水文所大构思中的第一步，”临近采访结束时，孙德钦所长激情满怀地告诉我，“到1995年，全所的经济收入和技术实力要力争比现在强一倍。那时，我们不仅可以更好更多地承担国家重点攻关项目，同时现有的科技潜力会得到更充分的发挥，地质市场的前景更有魅力。如此下去，到2000年，我们水文所就可以左右逢源、不愁生计了！”

“左右逢源，不愁生计”——这8个字无夸大和炫耀的色彩，恰如大山一样质朴，正好映出了地质科技工作者的形象。

我没有理由不相信他们，水文所的昨天与今天的所为已确认了他们在中国市场经济与国内外水文地质工程和环境地质行业中独树一帜的良好形象。

我相信，明天他们会过得更好。

1992年11月于保定

OK，中国龙

通常人们在谈及自己的辉煌时，总是难掩得意之情，甚至本来口吃的人，此时也会发挥超常的口才。

孙金龙今年30岁，已经有了太多的辉煌。沉默不是他的性格，而且打从中国地质大学研究生院走出的那天起，他就没有沉默过。

响当当地干，响当当地喊，甚至连睡觉时也是鼾声如雷，声震四邻。

他接受过许多记者和作家的采访，记者和作家们每次都是满载而归。他有太多的动人故事和太多的闪光足迹，虽年纪轻轻，却步履不凡，每一步踩出的几乎都是金窝儿、银窝儿……他有登天的气度和力量。

我与孙金龙有过几次接触，早有心将他好好写一写，但他太忙，“逮”到他不容易。前年就听说他在秦皇岛市的“引青济秦”工地上干得让市长丁文斌击掌叫绝。我专程去施工现场采访他，他却不在，队上的人只告诉我他又领了个新任务，去巴基斯坦了。

怪我粗心。一年多后，金龙在巴基斯坦又爆出了一个冷门：10个月拿下了别人几年没拿下的工程，为国家挽回信誉和巨额经济损失。在不可思议的短时间内，用不可思议的手段，完成了不可思议的工程任务。凯旋时，正值儿子过周岁不久，在中国地质大学当教员的妻子放假，金龙躲过嘈杂的各种各样的报告会、汇报会，带全家去了北戴河疗养院。

离京前，他刚从辽宁回来，办完他的入京手续。事实上，他根本没有清闲的时候。地矿部有关领导出于关怀，安排了他的这次疗养。临行前两天，我到他那里采访，没说上几句话，他就躲开了。他的妻子胡玲抱歉地说，他病得不轻，感冒、发烧初愈。金龙自己说是腰病又犯了——那是两年多前，在一次坑道施工中落下的病根。

我第一次发觉这个年轻的躯体里竟藏了那么多疾病，也第一次感觉素来十分善言的他，变得沉默寡言了。或许是因为生病吧，当时我用这个猜测来驱赶心头的怀疑。

我们约定在北戴河见面。

想不到，在北戴河见面后他依然不愿多谈。最后在我的一再“逼迫”下，他才语气十分沉重地说出了不愿多谈的缘故——

“那是段不堪回首的时光，虽然工程完成得不错，但我感觉太残酷了。不，是残忍！我对不起与我一起工作的同志们，所以我不想多说。”这句话是我们在一起游海的几天中他情绪最好时说的。

末了，他还是不愿谈什么。

然而，我毕竟干了十几年的新闻工作，采访对我来说并不成问题。关于金龙在巴基斯坦那段了不起的战史，我从他的同事和“哥们儿”那里知道了一切……

第一章　来自巴基斯坦的急电

从中国最西角的喀什城沿帕米尔山脉，入克什米尔，再经卡拉姆，直抵伊斯兰堡的那条公路，如同一条纽带，联结着中华人民共和国和巴基斯坦伊斯兰共和国。

中巴两国在几个世纪前就播下了友谊的种子，也许是因为在近代有过共同的境遇，两国在20世纪50年代初便互相承认，互派使者，确立了睦邻友好关系。人们自然不会忘记为建立这种友谊而奔波于喀喇昆仑山脉两翼的中国总理周恩来，他曾5次出访巴基斯坦。中国人自然也记得叶海亚·汗、阿里·布托、齐亚·哈克等几位奠定中巴友谊的巴基斯坦领导人的名字。虽然这些人曾你死我活地互相争斗过几十年，但在与中国友好这一点上，他们却如同一人。

巴基斯坦是最早承认并与我国建交的国家之一。1965—1971年，巴基斯坦为了支持中国恢复在联合国的合法权利，是每年向安理会提交决议草案的提案国之一。

同是生活在这个星球上的穷兄弟，互相支持与援助，便是义不容辞的责任。中国人民以其东方大国的胸怀和聪明才智，为帮助巴基斯坦摆脱贫困而竭尽全力。那是一种无私和无偿的援助，只要我碗里有饭，便分给你一半。从阿拉伯海湾的卡拉奇城，到睡在美丽的印度河旁的木尔坦，以至首都伊斯兰堡，由中国人援建的一座座工厂、水库，到处可见。但双方合作也不时出现困难，CRBC工程即是一例。

1991年的开斋节刚过，新华社驻伊斯兰堡的一名记者向北京发出了一份急电：

> ……由中国地质工程公司和巴基斯坦某集团联合承担的巴 CRBC-62.63 标水利工程，由于投标经验不足和开工后的组织管理与指挥不善，原定的 3 年零 10 个月工期，现已时过两年多，完成工程量仅为项目工程总量的 20%。目前我方可走的路仅为两条，一是按照国际惯例，向巴方赔偿巨额的毁约费；二是继续干下去。按以往的施工进度，我们还将需要 8 年时间方能完成其全部工程量。届时中方累计施工 11 年，不仅没有丝毫经济利润可言，而且同样要赔偿一笔延误工期的巨额资金。两笔赔款均在千万美元以上。此工程对我方来说，已属骑虎难下。CRBC 工程是巴基斯坦的一项特大型水利工程，对改变该国北部地区的干旱将起举足轻重的作用。巴方有关部门和当地人民对中方延误工期表示极为不满，并对中国在海外承揽工程项目的能力产生严重怀疑。为此，记者紧急呼吁国家领导人及早过问此事，并责成承揽该项目的有关单位迅速做出决断，采取行之有效的措施，以尽可能地挽回一些我方在 CRBC 工程上的巨大经济损失，重新在巴基斯坦人民心目中树立起中国人的形象。

新华社记者的急电变成红头《内参》，急速在中国高层官员间传阅开来。

当时投标时是怎么搞的？

投了标为什么不好好经营？

经营中出现了问题为什么不及时采取措施？

来自伊斯兰堡的《内参》激怒了主管这方面工作的邹家华副总理。

4月，北京西四地质矿产部。

作为“中地公司”的上级主管部门，地矿部领导们在接到邹家华副总理的批示后，立即召开紧急会议。结论是CRBC工程的问题起因在投标，后来则源于组织管理乏力。

“撤换项目经理”——此事不仅关系到几千万美元的经济损失，更重要的是影响了中国人在巴基斯坦人心目中的形象，部长们的意见完全一致。

“这类无能的人早该撤了！”在家主持工作的宋瑞祥常务副部长重重地添了一句，“中国人对外开放起步的时间不长，但丢人现眼的事不少，总不能让别人骂我们中国人熊蛋。必须立即换个能力过硬的人去巴基斯坦。宏仁，你说呢？”

“换人是肯定的了。可是，咱们地勘行业几百个工程勘探单位有哪一位得力干将能去收拾CRBC那副烂摊子呢？”张宏仁副部长说出了一个久缠在他心头的难题。

这确实是最关键和棘手的问题。

CRBC工程干到眼下这个节骨眼上，把队伍撤回来拍拍屁股一走了之是绝对使不得的，那样中国的声誉会一落千丈。工程必须干下去，赔是肯定的，尽量少赔些——这是部长们的共同想法。

几千万美元是个什么概念？等于20万地质职工全年的工资。近几年，我国地勘行业由于国家投资不足，近四分之一的队伍连工资都难以发下来。无奈，一些工程技术干部摆摊卖冰棒；无奈，出野外的住不起招待所而住老乡猪圈马房。现在，又要因为一个赔钱的国外工程，让几十万人勒紧裤腰带，部长们就差大哭一场了。

派谁去？咱地矿系统里有谁能去挑重担、扭转乾坤呀？

"孙金龙。我看孙金龙行！"宋瑞祥副部长突然想起了一个人。

"对，非他莫属！"地矿部的"三张部长"——文驹、宏仁、文岳与宋部长想到了一块儿。

"孙金龙是我们部里的王牌，他在秦皇岛引青济秦工程中干得很出色，我同意你们的意见。"在外执行公务的正部长朱训在听取了同事们的汇报后，也欣然同意。

"我马上给辽宁局发急电。"张宏仁副部长坐不住了，起身唤来秘书。

当日，辽宁地矿局毛局长接到电报后，没有半点迟疑，又给在千里之外的秦皇岛工地的省坑探大队发去一份加急电报。

坑探大队转孙金龙：

部长急电，令你火速赶往北京接受重要任务。

局长毛德荣

金龙接到电报时，正在坑道与工友们进行光面爆破。他一遍又一遍地看电文，想不出北京到底有什么事这般火急火燎，让他这个小小的坑探队长去受命。

把工作简单交代一下后，金龙脱下工作服，登上火车，当天抵达北京。

"小孙，把队上的事放一放。巴基斯坦有项大工程坐蜡了，部党组决定让你去啃这块硬骨头。"张宏仁副部长已经在办公室等半天了，一见金龙进门，就把要说的事端了出来。在将 CRBC 工程前前后后的情况简单介绍之后，他向眼前的这位年轻人递过一份依然散发着油墨味的红头文件："你现在已被任命为'中地公司'副总经理兼巴基斯坦 CRBC 工程的项目经理，有什么想法明天这个时候再到我办公室来一趟。"

金龙被突如其来的任务弄得不知如何是好，他知道部长很忙，只好起了身。

“近亿美元的经济损失和11亿中国人民的声誉都交给你了，好好考虑考虑。挑你来是几位部长们再三考虑后的一致意见。”身材高大的张宏仁部长把手按在了比自己矮一个半头的年轻人的肩上。

金龙一下子感到从未有过的重压。

这一夜，他住在中地公司所在的中国水文地质勘查院的小招待所里。从工地带回浑身的汗湿泥土味儿，本该好好洗洗，可金龙一头倒在床上，怎么也没心思放松放松。

自己的队伍从辽宁朝阳杀到“引青济秦”工程的半年多来，他没有一天不是工作20个小时以上，能在冰凉水湿的坑道里眯盹一两个小时，简直是件“他妈的天下第一美差”。

巴基斯坦，巴基斯坦，巴基斯坦……金龙以前只知道这个国家是我们的友好邻邦，可怎么也没想到自己的命运竟会同它联系起来，而且这叫CRBC什么来着的工程简直就是个大赌注。

我孙金龙是条真龙还是条假龙就押在这一次上了！

金龙举起拳头朝被子狠狠地砸下去。妈的，软蛋一个！这么清静，这么充裕的时间你偏睡不着？

“队长快来，5号坑道又发生大塌方，兄弟们几天的拼命又白干了，快想想办法吧……”这是工地上队友的疾呼声。

“混蛋，你不会事先采取措施、加固洞壁吗！”

“已经加固了，可地层还是破碎出现了大塌方。我们已经无能为力了！”

“什么叫无能为力？无能为力我还要你这个分队长干什么？再延误战机，我就撤了你！”

“娘的撤就撤，我不信你孙金龙就没有翻船的日子！”

“你……”金龙两眼冒火，撇开分队长，大步朝黑咕隆咚的坑道走去。他刚抬腿，顿时只觉身子像一团云彩，轻飘飘地坠入千丈深洞……

“啊——翻船啦！我翻船啦！——”金龙大叫一声，冷汗淋漓。

他醒了，原来是梦。

不祥之兆。金龙干脆从床上坐起，没有拉灯，但眼前尽是画面。

他感到有些好笑。打1986年顶着硕士学位走出校门到今天已有五六年，竟然没有时间回首检视一下自己的足迹……

金龙于1986年毕业于中国地质大学研究生院，同期毕业的研究生有43名，其中31人留在北京，还有的分到了上海、无锡、南京、武汉等大中城市的高校或研究机构，唯独金龙志愿到辽宁地矿局坑探大队。地质工作艰苦，坑探大队尤甚。金龙是导师带的“开门弟子”，且是研究生部的尖子，还在学校入了党，留在北京本是毫无疑问的事，而且他的未婚妻还留校执教。他的做法让许多人无法理解。可他非常坦诚地说：“我要求到基层只有两个想法：一是希望在实践中检验一下自己学的东西，二是中国的坑探技术很落后，许多新技术和工艺有待人去推广、应用，有知识的人不去谁去？”

由于地质队的工作艰苦，在20世纪80年代似乎已经很少有人为它而热血沸腾了，大学研究生毕业后到打坑道的工程单位的人更少了。“我们以为大学生都很牛，研究生就更牛了，可金龙与我们吃一锅饭，钻一个洞，没有半点儿牛气，倒是有困难他总在前面，他是好样的。”仅几个月的时间，金龙就给工人们留下了好后生的印象。

辽宁坑探大队在朝阳地区。朝阳名字好听，可实在是个十年九旱的地方，这里风多沙大，把所有的温情与富饶都刮走了，留下的是一片贫瘠，被国务院列为13个贫困区之一，吃过不少联合国的救济。不过朝阳人很有些幽默，说我们朝阳刮风的次数不少，一年只有那么两次，一次六个月；又说我们朝阳的风光好，一眼能看到天边，因为这里的山是秃的，地也是秃的。

身为研究生，放着未婚妻不顾和大都市不待，来到这连看门的老汉加起来都不足200人的小地质队，不疯是什么？

金龙是疯了，但他疯得让人敬佩。

打坑道、隧道是项不可能玩半点虚的活，坑探队的工人们个个粗壮无比，大碗酒大碗肉，性格粗犷、出口狂野。大家发现，不多久金龙与他们毫无二致，那几十斤的凿岩机，他抱在怀里一干就是半天；爆破点爆破，胆小的人往后退，他背起导火线第一个上去点火；洞内出现大塌方，劈头盖脸滚落下的岩石能把铁铸的机器砸成饼子，他面不改色、聚精会神地蹲在前面观察琢磨，直到想出点子把险情排除……

“哥儿们真是一条龙！”工人师傅们把金龙称为自己的哥儿们。毕业后下队不足两年，25岁的金龙便成了一名“县团级干部”——辽宁坑探大队技术负责人兼任副大队长。

上任伊始，他就和老队长承揽了东北第一公路大隧洞的掘进任务。此隧洞全长1627米，断面60多平方米。这是坑探大队有史以来承担的一项最艰巨的任务，也可以说是金龙作为帅才的第一次公开亮相。嘿，那隧洞打得天昏地暗，零下二十几度的冰洞里，金龙带着工人兄弟们硬是苦战二十来个月，提前完成了任务，小小的坑探大队从此被誉为“勇战善战的东北虎”。

八盘岭隧洞这一仗是坑探大队走出低谷的转折点。在工人们欢庆胜利，高高兴兴地从队部领回奖金，搬入新居时，金龙则躺下了——他的腰由于劳损而疼痛不已，连挪一步去端杯水也感到困难。

党和人民铭记着社会主义建设的功臣。1989年，27岁的金龙被辽宁省地矿局任命为坑探大队队长、党委书记、总工程师，一身三职，按局长毛德荣的话说："坑探大队全交给你孙金龙了！"

现在他是全队之"最高统帅"，又是全国劳动模范，怎么干都由他定夺，坑探大队干好干坏，也都取决于他。

千万别以为他的命运特别好，这年"挂帅"后不久，该队承担的国家地质勘探项目——猫儿岭金矿坑探工程，不但没赚一分钱，反而赔进了自有资金20万元。这对一个小地勘单位来说，有点不堪重负。金龙咬着牙，坚持把工程干完。国家缺少金疙瘩呀!

这年秋天，国家重点工程——秦皇岛"引青济秦"水利工程上马。消息传到了辽宁朝阳，正愁没活干的金龙闻讯即抵秦皇岛，直闯市长办公室。

"市长，我是辽宁坑探大队的，我们专门打坑道、打隧洞。听说你们的工程有不少隧洞，请给我们一些任务吧！"金龙开门见山，单刀直入。

市长丁文斌也是个爽快人，有话不放肚里："小孙啊，你来晚了一步，我们的工程上已经有你们地矿部的两支队伍，还有铁道部等单位的三支专业队，他们都是南征北战、闻名全国的施工队伍呀！"

金龙握紧拳头，咬了咬牙关："妈的，我不信干不过他们！"

丁市长为小伙子的虎劲所动，心头跃出了一个新想法：给他一块硬骨头，看他能不能啃下去。

"200米？！行，我们干！"金龙从市长办公室走出时，已下定决心要在这全国瞩目的大工程中与老大哥单位决个雌雄。

打隧洞不在于人多势众，而在于技术与勇敢精神。金龙在大学读研究生时是专攻坑探技术的，他自信能战胜对手，你总指挥（丁市长是工程总指挥）不是想试试我吗？那我就露一手。

当日，金龙返回朝阳。

"同志们，这次跨省远征，如果说不是为了挣钱，那是假话。

可是我要让大伙明白，揽这项工程对我们辽宁坑探大队来说，意义重大深远。”猎猎寒风中，金龙对即将出征的一百多名年轻力壮的勇士们和前来送行的全队职工家属们动员道，“说它意义重大深远，是因为我们坑探队在朝阳这个山沟里窝得太久了，现在该出来闯海了，闯一闯商品经济的大海。虽然这次我们仅有 200 米的任务，但我们一定要打出水平，打出速度，打出威风来。大家有没有信心？”

“有！”那些整装待发的勇士们齐声回答。

“有！”那些站在两旁送行的家属、孩子们也在高声应和着。

“好，出发！”金龙一声命令，顿时，由十几辆车组成的远征队伍出发了，那送行的锣鼓声、鞭炮声响彻云霄。这一切，都是金龙精心安排的，他要制造一种气氛，一种勇往直前、战无不胜的气氛。

队伍一路雄赳赳、气昂昂。尽管这一百多人的小队伍在那场面恢宏、人山人海的“引青济秦”水利工地上一点也不引人注目，那抢来的 200 米任务也好比小菜一碟，但金龙他们的斗志比谁都高，他们把这当作一次大决战。

当时谁也没有把这支中途杀出来的队伍放在眼里，只有总指挥部的几个老总心里稍有点数，因为辽宁坑探队的 200 米隧洞任务是另一个大工程队久啃不下的硬骨头，即卡在“引青济秦”东线工程“喉咙”上的“鱼骨头”，或曰“卡脖子工程”。

金龙带队伍初到工地时，连个安身之处都没有，全队人马只好在一座破窑洞里过夜。大工地上，“小弟弟”没人看得起，工人们早憋了一股劲。一条倾斜 35 度、长 65 米的斜巷，处在火成岩堆积层，地下水旺盛，尽是破碎带，早先已有几个工程队在这斜井开口工程中惨败收兵。金龙把导师教的、自己在实践中成功应用的国际先进的“新奥法”技术再次用上，18 天一举完成斜巷工程，创全国地勘系统巷道掘进最快速度，在“引青济秦”工地上一炮打响。此举震动全工地，前线指挥部负责人亲自到金龙的队上宣读嘉奖令。

至此，这支“小兄弟”队伍让人刮目相看，市长更是心头乐滋滋：当时留下小孙这着棋下得妙！

两个月后，金龙的队伍完成任务，准备班师回队，其热闹程度不比离开朝阳时差多少。丁市长闻讯后半夜来电话：“小孙，你们不能走！”金龙一听，乐了：市长啊市长，我心里压根儿就没想撤，工程这么大，我的队伍还饿着肚子呢！

新年元旦之夜，丁市长亲临辽宁坑探队，在老乡的炕上与金龙一起吃饺子。此饺子意味深长：市长接到各线报告，有几处隧洞工地久攻不下，已定于3月15日第一期工程的通水时间眼看就要来临，此乃影响全秦皇岛人民之民生大事，身为一市市长的丁文斌重任在肩。

“小孙啊，从今天算起，距我向全市人民立下的3月15日东线应急通水时间只有75天了，可一号洞打了几十天，至今仍无进展，请你再帮我一把。”市长那双熬红的眼睛盯着比自己年少近半的金龙。

金龙久久地望着市长，感动了，说：“我们去，一个星期内给你拿下！”

市长没有说话，把剩下的大半碗饺子倒在了金龙碗里。

元月3日，金龙率精干分队开拔至天马湖水库的一号洞工地。当晚，他和队友们运用新技术，别人干了几十天没有拿下的大断面开掘，他们居然一次成功。

这一仗打得真漂亮，金龙和队友们也格外兴奋。深夜11时许，电话铃声响起。

原来是丁市长打来的。金龙听得出市长是在哽咽着说话，感谢他和坑探队的成功。

“市长，你怎么不说话了？市长！”金龙发觉对方突然没了声音。

“……5号洞又受挫，我刚从那儿来，他们是干不了了。老孙，我代表全市人民想、想拜托你再调人马，火速援助5号洞。老孙，一定要答应，啊，老孙！”许久，对方终于时缓时快地说话了。金龙突然感到心头一颤：一个银发满头的长者、一个百万人的“父母官”竟连连尊称他这晚辈为“老孙”……金龙不禁哽咽起来，他镇静了一下自己的情绪，对着电话筒大声回答：“丁市长，没说的，就凭你这深更半夜打电话到前线工地，我和辽宁坑探队的同志就是去上刀山下火海，也不说个‘不’字！”

就这样，金龙一次又一次率部在“引青济秦”的东线工地上搬迁、攻坚，为秦皇岛市3月15日应急通水争取了宝贵的时间，坑探队因此被工地指挥部记集体一等功、二等功各一次，获达标红旗四次，被秦皇岛市委、市政府授予“作风顽强、拼搏善战的先进单位”称号。祝捷大会上，会议主持人特意把金龙介绍给前来参加会议的中央、地方单位的数千名代表：“孙金龙同志是全国劳动模范，是特别能战斗的辽宁坑探队——‘东北虎’大队的队长！”

台上台下掌声雷动，经久不息。

1990年春，“引青济秦”西线工程又拉开了帷幕。全线隧道工程总长4929米，金龙他们就承担了2800米的任务。小工程队击败所有大工程队，“东北虎”所到之处，连连告捷。

“引青济秦”的日日夜夜间，金龙与丁文斌市长成了忘年交。

“东北虎”的大名在秦皇岛家喻户晓，统率这支“东北虎”的金龙更是有口皆碑，“东北虎里的一条龙”——人民这样称呼他。

……现在，虽然“引青济秦”工程进入后期，可金龙答应丁市长还要做许多扫尾的事。今天部长一声令下，要他放下队伍，只身去异国接受新任务，金龙在床上折腾了大半夜，还是拿不定主意。

巴基斯坦 CRBC 工程给他个人的命运摆出了两条路。虽然部长们可能根本没有考虑过这些，但金龙自己清楚：干好了，别人也许会说一声“孙金龙的确是好样的”。搞砸了，别人会这样说：“孙金龙也就是那么回事，什么劳模，什么‘东北虎里的一条龙’，全是吹出来的。”而且后者的可能性几乎是明摆着的。

一个远离本土的国际工程，一个几茬人没干好的工程，一群根本不认识的“兵”，他们中间要是有那么几个不买你的账，或者给你出些小小的难题，怎么办？唉。总之只要有一个小小的失误，都足以使孙金龙走投无路，身败名裂！

对有志者而言，人生无非求得一世辉煌，而辉煌的人生常常来之不易。这一年金龙离“而立之年”还差一岁，可他已经在中国地勘行业和广大青年中声名显赫。全国劳模、省劳模、全国青联常委、高级工程师、正职“县团级”……这一切全是他靠苦干干出来的。这一切，对许多人来说是一辈子都不可能获得的辉煌。

然而金龙清楚，有个现象是很奇怪却又很现实的，那就是一个人一旦出名，一旦做成功了一件事，便会有来自方方面面的荣誉和各色各样的光环；可你一旦失败，也会顷刻间变得无人理会，从此销声匿迹。有人说过这样一句话：“取得荣誉有时需要一生奋斗，而失去光环有时就在一瞬之间。”

金龙面临人生的一次严峻考验。

孙金龙啊孙金龙，你到底是条真龙还是假龙？孙金龙啊孙金龙，你当年志愿到基层难道就只想着荣耀人生？

不，我孙金龙不接受党和祖国人民交给的任务，就是往日再辉煌，也不能算条真龙。为了国家的利益和中国人民的声誉，即便自己失败了又算得了什么？

金龙再次从床上坐起时，已见东方旭日升腾，一缕霞光射在窗头。这一夜好难熬，但他觉得值得，人生最有成就感的事莫过于自己战胜自己。“部长，给我上任前一个考察机会！”第二天，金龙在张宏仁副部长面前表态道。

张部长十分高兴地握着年轻人的手，感激并且鼓励道：“我们几位部长和百万名中国地矿职工感谢你。另外，我把部党组的意见告诉你：CRBC 工程的亏损控制在 200 万美元之内，你就是成功者和大功臣了！”

金龙没有说话，只是重重地点了点头。

走出北京阜内大街 64 号大门时，他回头看了看挂在大门右侧的那块“中华人民共和国地质矿产部”的大牌子，感到肩上沉甸甸的……一阵春风吹过，他昂起头，深深地吸了口清新的空气，心中默默地发誓：我一定不辱使命！

第二章　难堪的滋味

一架银燕飞越世界屋脊，抵达被称为“清真之国”的巴基斯坦。金龙第一次出国，异国的风光和民俗让人眼花缭乱，目不暇接，然而他却顾不上多看一眼。

CRBC 工程在等待着他，中国人在这个工程上耽误的时间太多了。

说起 CRBC 工程，中地公司的官员们可真是别有一番滋味在心头。

CRBC 是由亚洲银行资助，巴基斯坦水电开发总署(WAPDA)主持，以引印度河水灌溉巴国北部沙漠干旱区为目的的水利工程，其规模之大在这个国家是屈指可数的。饱受千百年干旱之苦的巴基斯坦人，早已翘首以盼自己脚踩的那块板结的沙土上长出青翠的禾苗与甘蔗来。

CRBC 工程就在巴国现任总统的故乡，总统曾多年担任 WAPDA 的主席。CRBC 工程的重要性不言而喻。

这项类似中国“南水北调”项目的水利工程，是将地处低洼的印度河水引至高原沙漠地带，漫漫数百公里的工程，其规模可想而知。巴基斯坦政府投入了巨大资金与巨大期望，从 20 世纪 70 年代就开始设计，一批又一批工程技术人员在这条战线上踏勘，不知洒下了多少汗水，工程终于在 80 年代经国会批准向本国和世界公开招商投标。

中国地质工程公司便是诸多国际投标商中的一个。

投标是激烈的，竞争充满着火药味。中国人天生聪颖，为了投标获胜，中地公司与卡拉奇市的一个名为“拉莫赞”的公司结为同盟，以便击败众多对手。巴国朋友提醒中国人：在我们这里，想干成功一件事，需要有具有政治影响力的人物撑腰。于是，中地公司几经周折，找到了巴第一大党——人民党在当地的主席昆梯先生。几经协商，决定由中地公司、拉莫赞公司和昆梯组成简称为 RAKGEO 的联合公司。

联合公司亮出的工程投标标价低得连巴基斯坦水利开发署的官员都不敢相信。

“你们会赔钱的。”巴方朋友真诚告诫道。

对同一个工程，两个算盘算出来的账差距极大。联合公司却认为，不仅不会赔钱，而且还能赚 25% 的利润。

WAPDA 官员笑着摇摇头。

中国人中了第一标，没有遇到对手。

本来，雇佣的承包方出价越低，越是业主巴不得的事。可 WAPDA 官员对以中地公司为首的联合公司放心不下，他们考虑的是，如此造福子孙的巨大工程，投标价太低，一旦以后出现质量问题，后果将不堪设想。业主感到担心，为此，WAPDA 对已经中了标的联合公司在一段时间里表现冷漠。

“中国人是我们顶好的朋友，为什么不把工程包给中国人？”具有影响力的人物昆梯先生出面了。果然不出几日，由数百名当地群众组成的抗议示威游行队伍出现在 WAPDA 官员面前，标牌和口号的内容是：我们坚决要求把工程包给中国朋友，巴中友谊万古长青……

电视台、报纸把这场示威游行的消息传到首都伊斯兰堡，WAPDA 顿时承受不了来自水利部、外交部和总统府的各种压力，只好赶紧给联合公司下达承包工程投标书。

联合公司皆大欢喜，CRBC 工程 62、63 号两个工程皆被收入囊中。

中地公司作为承包商并无"正规军"，拉莫赞公司欣然承担起工程的具体施工任务。不多时，数公里长的渠线施工场面出现在人们的视线之中……然而，一个隐患也随之迅速暴露出来。

拉莫赞公司对施工技术的决策错误，他们开工后，质量粗糙，加之对开工时间考虑欠周，表面上看来整个渠道的全线施工进展很快，殊不料此时正值洪水季节，一日，一场铺天盖地的洪水挟着沙土掠过渠道，刚刚成形的道沟转眼便被淤沙填满。如此一来，不但前功尽弃，而且再在原施工线上开挖已经板结了的淤沙地，比原地开挖渠面的难度增加了几倍。与此同时，拉莫赞发现投标时的原材料价格，与日益上涨的市场价格之间的差距越来越大，而工地所用的材料均需从外地采购，不知是谁竟把一笔巨额的运输费用在标价中给漏掉了！越干越赔，拉莫赞公司陷入不能自拔的困境。

此时已时过一年有余，拉莫赞公司把皮球踢回给了中国人。

WAPDA 找到了联合公司中的中国方——中地公司。几经协商，62 号由拉莫赞公司继续承担施工，63 号由中地公司实施。

于是，由中地公司转包的中国黑龙江省某施工队伍来到了巴 CRBC–63 工地。

我们且称此公司为龙江公司吧。

龙江公司全体人员挥汗如雨，然而终因对巴国国情缺乏了解，加之内部管理乏力，工期又过一年，完成的月工程量仍在 200 万卢比左右徘徊，而 63 号标工程货币总量为 2.4 亿卢比，照龙江公司的速度，不知猴年马月才能完成。经理们一算账，拍腿大惊："我们干的时间越长，赔进去的就越多。"紧急磋商后，决定立即将人马撤出巴基斯坦，至于与中地公司的合同之类的事也就顾不得了。面子值几个钱？保住公司不倾家荡产便是上策。

此时已到 1990 年年底，投标工期仅剩下半年多时间，而拉莫赞与龙江两家公司所完成的工程总和才为6500万卢比，仅占63号标合同价款的四分之一。

巴基斯坦的WAPDA和其上级主管部门——国家水利部的官员们不干了。

此CRBC工程关系到巴国的国计民生，又是总统多次直接过问的大工程，照目前的速度，仅63号标工程就还需七八年时间方能完成，那么，整个CRBC工程要到哪个世纪才能竣工通水呢？

“中国人是怎么搞的！”巴方官员把“中国”后面惯用的“朋友”两字也给拿掉了，其不满情绪可想而知。

人与人之间的友谊建立在双方的真诚和信誉之上，国与国的关系同样需要真诚和信誉。而CRBC工程，中国人留给巴基斯坦人民和官方的印象糟透了，当地的报纸甚至刊登文章公开指责。巴方多次向中国驻巴大使馆总领事馆照会，请求尽快解决63号标工程所出现的严峻问题。

平心而论，巴基斯坦人对中国人并没有任何恶意，他们考虑更多的是如此巨大的工程，倘若搞得一团糟，怎样向人民交代？以后还向不向亚洲银行贷款了？总统怪罪下来，谁担当责任？

从水利部部长到WAPDA官员，都感到了巨大的压力。

中地公司已无退路，必须另谋良策。

公司的田总经理几次往返于伊斯兰堡与北京之间，经过数番论证、交涉，最后向巴方拍胸脯：1992年6月底，保证完成总工程的80%。

君子一言，驷马难追。巴基斯坦官员敬佩中国人的胆量，不过有眼前的事实，他们对中国人的话在心头打了个大问号。

这个两进两出的战场似乎败局已定，难以扭转形势。果然，中地公司自己组织的队伍上去后，尽管付出了巨大的努力，依然再度陷入高成本、低进度的困境。半年下来，任凭左冲右突，每月完成的工程货币量仍在200万卢比左右。

中国人彻底败在CRBC工程上。

巴基斯坦有关方面不再过多地顾及中国人的面子，他们首先考虑的是国家的利益和自己的乌纱帽。“中地公司必须对CRBC承包工程拖延工期负责。看在两国友谊的份上，给你们最后一次机会，再不采取有效的措施，我们不得不将你们请出我们的国家！”

这无疑是最后的通牒。

巴方官员在中方几次反复和更换队伍的过程中明白：中地公司不可能再有转机。此时的WAPDA官员们只有一个愿望：希望中国方面能知趣而体面地自动撤出，好让别的公司上去，力争夺回些时间。

中国驻巴基斯坦大使馆、中国驻卡拉奇总领事馆，以及中国在巴基斯坦的所有政府代表机构无不感到难堪。无数次宴会上、照会中，巴方政府机构的代表正式地或非正式地敦促他们出面管一管或看一看CRBC工程的中方承包者。

“中巴友谊到哪去了？”

“中国人的形象难道就是这个样子？”

于是，北京收到了来自伊斯兰堡、卡拉奇等地的急电与报告。

孙金龙正是在这个节骨眼上受命来到这个国家的。

第三章　“魔术师——密斯特孙”

金龙为工程而来到异国，可异国并没有用鲜花和笑脸迎接他。

CRBC 工程的最高权力机构——巴基斯坦水利开发署的官员对中地公司新派来的经理表示不感兴趣。按照协议规定，如果业主对承包商所派出的项目经理提出异议，便有权否决其行使工程指挥权。国际招标惯例中，业主对承包方的经理人选历来很挑剔。

“孙经理，你必须把年龄这一栏改一改。”金龙到任后不久，WAPDA 方面就要求中地公司将新派经理的个人履历表交给他们，翻译王愉吾在外交场合颇有经验，他对新经理在年龄一栏中如实写“29 岁”心生不安，说，“填这个年龄有可能彻底断送我们中地公司在巴的前程。”

“有这么严重？”金龙笑问。

“一点没错。”

“那么好吧，我服从外交需要，”金龙想了想，拿起笔在表上一挥而就，之后，朝王翻译挤挤眼，“现在我是 36 岁了。这个秘密不仅希望你在老巴那儿保密，也希望你老兄在中国同胞中保密啊！”

“一定。”翻译王愉吾对比自己还小 3 岁的局级大经理颇有好感。

履历表如期送达 WAPDA，可是 WAPDA 官员断然做出否决意见。

会议开得很紧张，也很严肃，似乎没有商量的余地。一句话，巴方对中方已经完全失去了信心。他们不相信以往 3 支队伍用了近 3 年时间才完成四分之一施工量的大工程，能有一个奇人在10个月中干出3倍于其工作量总和的奇迹来。“除非他是个超级魔术师！”巴方官员一阵嘲笑。

王愉吾既作为翻译，又作为中方代表出席了这次会议，他对这种笑声很反感，可谁让中国人自己不争气呢！平心而论，我们在WAPDA工程上的所作所为也确实够呛。

“我国有关部门对这次新经理的人选是非常慎重的，为了再不耽误已经耽误了太多时间的CRBC工程，我们希望贵方能早日下达孙金龙的任命书。”王愉吾极力建议。

“王先生，我们也真心实意地期望不要再拖延哪怕是一天的施工时间了。可是你想，你们原来的经理虽然失败了，但他毕竟有8个月的实践经验了，就说接受教训吧，那他也比新来的孙要成熟得多。孙到工地，就是熟悉情况也得花一段时间呀！”巴方官员句句是理。

王愉吾接过对方的话，反问道：“阁下说得非常有理，可是我想，贵方目前最关心的是工程进度，而不是谁是经理的问题吧？”

巴方官员面面相觑，这个小翻译还真是个对手。一阵冷场后，突然有人拿起金龙的履历表，声音尖而刺耳：“孙没有水利经验，你们看，他的自述中只写了参加过重大水利工程，可没有说是主持和领导哪一项工程呀！”

会场气氛骤变，所有人的眼睛都盯着王愉吾：“翻译先生，对此你又怎么解释？”

王愉吾非常镇静地扫了全场一眼，然后微微一笑，说：“这就是我们中国人谦虚的美德。请问，他每次都以所在工程队的队长和总工程师的身份参加水利建设，这不是更实际地证明了他每次都是亲自主持和领导工程的吗？”

真是无懈可击。一位巴方官员看了一眼年轻的中国翻译，用另一种方式问："据我所知，王先生没有跟孙一起工作过，可方才你为孙说了那么多好话，不知据出何处？"

机智的王愉吾不失友好地回答："阁下说得没错，我确实没有与孙共事过，但我在国内报纸和电视上多次看过孙的事迹，他在中国是个知名度很高的人物，了解他的人不仅是我一个。"

巴方官员无力再与王愉吾辩论，但他们坚持要用3个月时间来观察新经理的能力，然后再做任命事宜。

金龙对这不公的境遇不以为然。在他这个年龄，每迈一步总是要面对两个对手，一个是自己，一个是别人。战胜自己，需要有对事业与信仰的执着追求；让别人理解信任，需要拿出真本事来。

金龙领导过大大小小的许多工程施工，也经历过各种各样的磨难，但像眼前这样的颓败局面却还是头一回碰见。自打龙江公司走后，CRBC工地上一直笼罩在阴云之中，几件可怜巴巴的破旧设备、二十几个可怜巴巴的人……中国人历来相信人是一切事物的决定性因素，但在现代化建设中，科学、装备与人这三样是同等重要的。面对工地，金龙不由紧皱起眉头：实际困难比想象的要严重得多。

他明白人心涣散比什么都可怕。还在年初，当巴基斯坦有关部门又一次向中方发出通牒，公司决定再次更换经理时，来自国内13个单位的二十几名工地在职工作人员的心便开始动摇了。他们知道，施工的失败，意味着自己也将作为无能之辈灰溜溜地回国。金龙尚未到时，他们中已有不少人掏出腰包里的积蓄，开始筹划购买"三大件"，或是卷起铺盖，捆包装箱，准备回国。

后来，大伙又听说新上任的经理是个全国劳模，且还是个不足30岁的小伙子。代表国家出洋工作的人，一般来说都是百里挑一的，中地公司选派到CRBC工程的二十几个人论个人能力也是没说的，他们中有参加“引滦入津”工程的管理人员，有身经百战的技术尖子，有熟悉商务和财务的专业骨干，可以这么说，单一拉出来，都称得上是响当当的汉子，偏偏在这 CRBC 工程上“栽”了，算运气不好。瞧，现在又叫一个“毛小子”来领导我们，这不是“栽”到家了吗！

随着新经理上任的日子越来越近，他们的牢骚与不满也日益升级：“一句话，要我们走，甭多费口舌，我们卷起铺盖就走。但即便当天搭飞机，走之前我们也要看看这个毛小子的尊容。他不是全国劳模吗？看他到底是不是一个超人天才。”这种心理又渐渐化成一种无形的对立情绪。

“我要对大伙说的第一句话是，大家不要把我当作什么劳模看待。工地上，历来没有劳模和当官一说，谁有本事，谁能干，就是好样的，靠嘴、靠吹行不通。我孙金龙是个啥模样，大伙走着瞧。第二句话是，所有在工地上工作的同志一个都不撤，一个都不回国。要回国不是这个时候，等我们把工程任务干完了，真正干出个中国人的样来，那时候，我们全体人员再一起光光荣荣地走！眼下我们的工程这个熊样，即便能带上几大件回去，又能有什么滋味？反正，我孙金龙觉得不把事情干得漂漂亮亮，就没有脸皮回去见亲人，见祖国。谁要是有这个脸皮，谁一定要回去，我也不拦，现在举手，明天就可以走！”大伙愣了，没想到新经理的“施政演说”竟是如此直率、实在，尽管一点也不细腻，可却像一块磁铁，深深地吸引了二十几颗涣散了的心。

没有人举手表示要回国。

“好，既然没人走，那我们剩下的就只有一件事，就是像样地干。”金龙来了情绪，他从凳子上站起来，右手在空中有力地一挥，“以前我们作为中国地质工程公司的人在这里确实干得够丢份的，谁的责任咱们以后都不要说了，总之一句话，中国人干砸了的事还是由我们中国人自己把屁股擦干净。我提议，下一步工作，首先我们赶出些形象进度来，然后全线突进……”

“啥叫形象进度？”有人问。

“就是让人一看便感觉我们这一茬子人确实同以前的不一样了，施工进度上必须给人一种直观上的大突进感觉，”金龙解释说，“具体讲，就是减少结构物施工，把兵力集中到以衬砌为主上。要让巴基斯坦方面看到他们的渠道在我们的脚下，每天都以崭新的面貌不断在向前延伸。这就是形象进度。”

原来如此，大伙一听这话，刚有那么点热乎劲的心又马上凉了半截：新官上任三把火，你孙金龙想放几把火咱不反对，可大干的条件具备吗？原材料、机械设备，还有人的积极性——这施工要素你孙金龙占哪条了？

难道劳模真的有三头六臂？大伙偷偷看了一眼新经理，不由嘿嘿几声冷笑。

金龙打 25 岁开始带队伍南征北战，这些事他心头当然非常清楚。他想，任何事情都是人做出来的，只要把人的积极性调动起来，其他问题相对会顺利得多。

眼下一个最突出的问题是：时间不等人，几个月时间内要完成过去三年时间里所完成的工作量总和，靠一般的方法显然不行。金龙一直在基层一线工作，他知道新官上任单单靠放几把火在眼下这个 CRBC 工程上是无济于事的。从现在开始必须争分夺秒，而绝不是一时的心血来潮。中国人在此打了近三年败仗，需要振作士气，需要脱胎换骨、改变形象。人不怕困难有天大，就怕自己看不起自己。当金龙提出下一步施工争取先来个“形象进度”时，大伙几乎全都不以为然，但他坚持自己的决策。

大干不是蛮干。金龙首先着手调整二十几个人的岗位，他与总工、副经理一起，把每个人的岗位逐一落实、明确，并制定了严格的纪律：项目一盘棋，谁在自己的岗位上工作不力，耽误了时间，就查谁的责任。与此同时，工程的生产计划张榜公布。月计划、旬计划、周计划、日计划，大家必须心中有数。一旦指标下达，不管有天大的困难和理由，每个人也得不折不扣地把任务完成。

金龙上任第一个月，制定出完成货币工作量800万～1000万卢比的指标。

“我的妈，这可是以前5倍的工作量呀！”不少人吓出了一身冷汗，“经理这不是想扒我们的皮吗？”

“这个指标不能动摇。如果大家不想再像以前那么丢人现眼，就须拿出至少三倍于以往的速度。”金龙回答干脆，丝毫没有商量的余地。

狗急了要跳墙，这人逼急了还真会登天。

张兰筐负责工地的衬砌施工，这是整个工程能够让人直接见得着进度的一道工序。为在第一个月就干出中国人的“形象进度”，金龙要求张兰筐不惜代价把任务赶上去。

张比金龙大5岁，平时称自己的经理为“老小弟”——工地上几乎所有中方工程人员的年龄都在金龙之上，可一上工地，张兰筐和队友们包括一名56岁的老同志，对经理的指示从不敢含糊。

早听说张兰筐是金龙手下的一名虎将，所以我专门在北京找到了他。

那阵子他正在北京休假。

现年35岁的张兰筐，一副憨厚的实干家气度。他是北京水电三局的职工，像其他人员一样，是受聘于中地公司的工程技术骨干。说起巴基斯坦的那段经历，张说，新经理到后，他们那些人的身上就像装了24根发条，每天从早到晚绷得紧紧的；都听说金龙是研究生出身，可在工地上他身上没有半点学究气，倒是有一股可以随时亲近的“匪气”。

张说，金龙给下面的每个人都下了一道死命令，就是当天的活必须当天干完；全月的施工计划，上旬必须完成月工程量的40%以上。“他不喜欢拖泥带水。开工不久，一次金龙要到伊斯兰堡办事，临走时给我交代了他走5天期间的衬砌任务，指标比平时还高。我们都知道他心里着急——为中国人‘栽’在巴基斯坦着急，所以任务再重也认了。大伙只有一个想法：决不让自己管的一摊子拖整个工程进度的后腿。偏偏不巧，金龙走后我因受凉拉稀。俗话说：‘好汉经不住三泡稀。’我这一天之中有七八次蹲茅房。后两天实在顶不住了，高烧39度。第四天晚上，金龙从伊斯兰堡办完事回到工地，一看我的那摊活四天过去了，还有300英尺的衬砌没完成。按照通常的施工进度，还有一天显然是怎么也完不成任务了。金龙急了，一身泥水跑到我们的住处，见人就大声询问：‘张兰筐干什么去了！’

“有人说我病了，躺在床上。

“‘病了也不行，给我把他叫起来！下达的任务不完成，天塌下来也得干！’金龙连屁股都没挨一下凳子，便自个儿冒着雨返回工地去抢活。这一夜，大伙基本没休息，第二天一早又紧接着干开了。早饭后我知道了昨晚的事后，也在床上待不住了，三步并作两步地回到岗位。这一天，我们完成了60块大规格的衬砌任务，创造日衬砌的最高纪录，就是后来几个月中也没人超过。到第五天收工时，我们按时超额完成了任务。这时，金龙面带笑容地走过来对我说：‘老兄，对不住你了。不过，你要是完不成任务，我也不会说这句话的！’当时我的病尚未痊愈，人很累，但听金龙这么说，心里很舒服，因为我想：我们中国人要在CRBC工程上露脸了。”

中国人确实到露脸的时候了。

然而，工地上的露脸并不像在戏台上演戏那么容易。还是那些人、那些设备，如此高速度的施工，首当其冲的问题是原材料供不应求。CRBC 工程除了开挖表土外，更重要的是灌注混凝土和衬砌渠面，以石料、水泥为主要原材料。整个工地对原材料的需求量剧增，过去一个月施工两三千平方英尺（1 平方英尺 =0.0929 平方米），现在得上万平方英尺。工地不产石料，全靠市场上去寻找。说来不巧，这一季节正是巴基斯坦国内建筑施工的旺季，工地附近的地埃汗市仅有一家碎石场，石料被当地的市政建设部门全部包走了。由于市场短缺，石料的价格上涨不止。

两名跑外勤的商务人员空手而归，回来向经理诉苦。

金龙甩了把脸上的汗，连头都没扭一下，说："任务交给了你们，就是到别人饭碗里去挖，也得给我弄回来。影响了施工进度，你们俩负责！"

两名商务人员只得硬着头皮，连夜搭车四处去寻求货源。"凭中巴两国的友谊，说啥你们也得给我们解决些。"中国人用一颗真诚的心打动了巴基斯坦人，第三天，果然一车一车的石料奇迹般地从四面八方运到了工地，没有耽误施工。

金龙见此情景会心地一笑，他真正要的不仅仅是石料，而且是手下二十几个工作人员的工作积极性和创造性，有了这，天大的难事也会迎刃而解。

晚上，他把总工、副经理及翻译王愉吾等叫到一起。

"施工进度上来了，石料是个大问题，我想根本的解决办法是必须有我们自己的石料场。为此，我提议在工地附近建个石料场。"

"自己建石料场？不太可能吧！"与会者当即提出不同意见。

"我看可以，"金龙摆出自己的观点，"现在再靠从别人碗里挖饭来吃已经很难喂饱我们的肚皮，且石料市场价越来越高。我们自己干，可以大幅度降低成本。我做过调查，这里的毛石料很便宜，跟石商订好合同后，他们负责运到我们这儿，还可以减轻工地运输的一大压力。石料场建在工地，大家可以就地取材，十分方便，必定会更快地加速施工进度。总之，这是一举多得的事，我们不能再让石料卡脖子了！”

这无疑是一个高招。不过，建石料场得有碎石机，设备何来？

“我们不是以前向一家公司订过货，而且还已经预付了5万卢比吗？”金龙虽然刚来不久，但早已对公司的家底摸得一清二楚，“再付些钱，换回台碎石机。”

“愉吾，你明天带上黄小林，就去办这件事。”金龙吩咐翻译。

事情还算顺利，经王愉吾与黄小林两人同厂家交涉，公司又支付了15万卢比后，一台大型碎石机终于开到了工地。

中国人这下可要玩真的了！巴基斯坦民工们第一次从心底里对CRBC工地上的中国人露出了敬意和微笑。

一个烂摊子，干什么都费劲。启动碎石机需要电，工地上没有专线，只有龙江公司留下的一台接近报废的旧发电机。“朱师傅，不管你想什么招，十天时间内给我把这‘老母鸡’修复使用。”金龙给机械修理工朱宝龙下了道死命令。

朱宝龙打从娘肚里出生后一直当“三等公民”，后来虽混成了修理工，但要说柴油机、翻斗车什么的还能对付，那线圈绕线圈的发电机可是从来没有摸过的呀！朱宝龙想：宝龙啊宝龙，你虽然不如人家金龙，可也算跟“龙”沾了边，总不能当条虫吧！于是又翻书，又加班，十天下来，“老母鸡”还真“咯咯咯”地叫了起来，而且声音怪响脆的。

中国人仿佛只用一夜的工夫，便在工地附近建起了一座碎石场。巴基斯坦人目瞪口呆地瞅着中国新经理到来之后日新月异的变化，感到自己仿佛进入了一个魔术场。

碎石场的建成使中国人如虎添翼，那整日与太阳同歌、与月亮共欢的碎石机，昼夜不停地旋转着、轰鸣着，如同激励战士奋进的战鼓。

月底，统计员将工地各项目上交来的报表进行汇总：全月施工货币工作量超过1000万卢比！

消息传出，工地沸腾。每天必进行五次祈祷的穆斯林朋友，纷纷从地上跳跃起来，他们欢呼：真主来了！真主来了！

“密斯特孙，你是了不起的魔术师！”在所有受感动的人中，最兴奋的是WAPDA官员。

关于CRBC工程，WAPDA官员心里最有底，中国人从投标开始就付出了昂贵的代价。那过去的近三年间，中国方面虽然失败，但毕竟付出了巨大的努力，现在居然能反败为胜，树起自己的形象。

中国人毕竟是中国人，是真正了不起的民族。

此时，远在祖国的地矿部领导也发来了传真电报，对金龙和中地公司的全体职工所取得的成绩给予了及时的鼓励和慰问。

工地上，一片片满意和会心的笑声。

9月30日这一天，WAPDA总工程师和巴基斯坦水利部监理公司工地执行工程师都来了。一个多月前，也是这两位“主考”在批准金龙出任经理的问题上持有异议。

“明天是10月1日，是我们中国的国庆日，这一天我们在自己的国家都要庆贺一番。走，今天我邀请你们同我们一起欢庆我们的国庆节去！”金龙一手挽一个，将两位“主考官”拉到了中国工作人员的驻地。

庆祝会十分简朴，但气氛异常热烈。中巴双方人员都很清楚，一切均归因于CRBC工程的进度有了可喜的转机。

“来来，干！”“干！”宾主频频举杯，畅怀欢饮，笑声此起彼伏，往日的芥蒂不复存在。

在宴会上，出现了一个小小的但却十分重要的插曲。

中方翻译王愉吾微笑地拿起酒杯，友好地与 WAPDA 总工碰杯后，十分诡秘地在他的耳边轻轻地问：“尊敬的总工先生，您对密斯特孙的印象如何？”

总工瞪大眼睛，警惕地盯着这个早就与他十分友好的中国“小老弟”。突然，他对全屋的人大声说：“亲爱的中国朋友们，我什么时候说过密斯特孙不行啊？”

“哈哈哈……”在座的人无不开怀大笑。谁都没有去捅破这张纸，但谁心里都明白，一个多月前的那次会议上，正是这位总工提出要对中国新经理“观察观察”。

“密斯特孙，”总工十分滑稽地推开王愉吾翻译，侧头对金龙说道，“你们的王翻译先生是蒙古族人，是成吉思汗的后代，一个大大的危险人物，你千万不要信他的话！”

“哈哈哈……”又是一阵开心的大笑。

三天之后，中地公司收到了由这位总工亲自签署的任命金龙为 CRBC–63 号标项目经理的公文。

金龙笑了，这是他到巴基斯坦后发出的第一个微笑。

全体中国工程技术人员笑了，这是他们到巴基斯坦后几年中第一次作为中国人感到自豪而露出的笑。

第四章　泾渭分明

前战告捷，并不意味着中国人在CRBC工程上可以高枕无忧了。

这几日，金龙发现自己制订的第二套加速施工进度的方案总是执行得不理想。

“冒号，太阳都快当头了，监理工程师到现在还没来，叫我们咋施工呀？”中央电视台播出的一段小品中曾有“领导——冒号”的有趣的戏剧细节，于是“冒号”成了一些人对领导干部的戏称，如今这戏称出口到了CRBC工地，大伙平时就这么称呼金龙。金龙对此并无反感，他说喊他“冒号”要比喊他经理亲切得多。

“冒号，你快去看，老巴又让我们停工了。简直没法干了！”

难题出在这关节上啊！

“可不是，那些监工简直像太上皇，整天骑在我们脖子上拉屎拉尿，可你还不敢吭一声！”说话的是负责扎钢筋的领班工程师，他气呼呼地把手套往桌上一扔，对自己的经理说，“你说这扎钢筋又不是什么绣花，说是间空10厘米，可手工操作哪能根根那么准。俗话说，八九不离十就行了。我在北京的京广大厦也是用手干活，可眼下这么着就不行。这不是成心为难我们吗？”

“哼，不说没气，一说就准把你气死！”负责测量的工程师一提关于监理工的事，脸都变了色，“妈的，这沙漠戈壁滩上的太阳丈杆高就是四五十度，到中午就是煮鸡蛋的温度。咱为了赶时间，大伙每天早晨五六点钟就到工地，想的是趁凉爽时多赶些活出来。可咱早去了也白搭，人家监理工不到，我们不能干呀！等到老太爷悠悠荡荡到工地时，我们又该开中午饭了。冒号，你说一句话，要是再让别人骑在我们头上拉屎，那我只好空手把这个月的任务还给你。”

“屁话！”金龙生气了，说，“巴方派监理工到工地监督，是根据合同来的，也符合国际承包工程惯例，我们怎么能随便违反协议、骂人家呢？”

话虽这么说，但金龙心里也结着疙瘩。由于巴监理工在施工现场的一些过分为难，我方的施工进度确实大受影响。如此下去，中国人再会使“魔术”，也无法兑现1992年年底完工的承诺。

这是一个棘手的问题，也是个必须及早处理的问题。

中巴虽是近邻和友好国家，但毕竟是两种社会制度。在巴基斯坦，高度的金钱观念和为了获取金钱的种种作为，长期受马列主义教育的中国人很难接受。再难适应的事物也得去适应，这就是每个跨出国门的中国人都面临的问题。

有几日，金龙为了获得第一手材料，特意到现场观察，发现有些事确实够气人的。

按照工程合同规定，“业主”——CRBC工程主管者，即巴基斯坦水电开发署将派出监理人员负责监督承包方在整个施工过程中的技术与质量问题。这种监督应当严格，但也应当实事求是。可事实上，巴方的有些监理工对中国人争分夺秒抢时间的急切心情并不理会，该迟到的照迟到，为了满足金钱欲而有意刁难的照样刁难。他那么一比画，那么一句话，有时整个施工现场便只好停工或返工。有些监理人大肆滥用手中的权力为所欲为。举一例：在金龙上任之前——几个负责监督搅拌水泥的监理工平时上班下班没个准点不说，就是来了也不到工地现场，而是待在几公里外的阴凉处纳凉，等中方人员把样品和饭菜一起送上后才慢吞吞地去看样查检，并且不时鸡蛋里挑骨头。

"这帮食桑虫非除不可！"工程会上，金龙拍案而起，"王翻译，你去通知他们，从明天起，他们必须到工地现场监理，而不是由我们送样品去。再通知伙房停止对他们的饭菜招待。告诉监工，如果他们不到现场履行正当的监理，我们将视为他们默认我们的工程质量合格！"

"还有测绘组，"孙金龙又说，"也要通知到每一位监工，告诉他们必须与我们执行同样的工作时间表。如果由于他们不能按时上班监理而耽误施工进度，我方将对整个工程不能按合同时间完工保留不赔偿的权利。"

"另外财务请注意，对那些与我们积极配合的监工，要给予重奖，"金龙说到此，又重重补了一句，"凡是那些调皮捣蛋、有意出难题者和提出不正当要求者，各岗要及时上报，我们将视情况给予坚决抵制和回击！"

"好！"

经理的话使中国工程技术人员士气大振，同时也使巴基斯坦民工们扬眉吐气。原因是在这之前，民工们虽拿的是中国人给的钱，可施工中却要听巴方监理的指手画脚而行事，民工们早已满肚子气了。

"作为承包商，我们只对合同负责！"孙金龙对巴方民工说。

"作为承包商雇来的民工，我们将对中国人负责！"民工们对孙金龙表示。

三年来，中国工程技术人员、巴基斯坦民工们第一次深深地认识到他们之间的共同利益，开始拧成一股绳。

那些习惯了"一切听我的"的监工们，一开始放不下架子，但中国人有理有节的做法，使他们不得不服从了。

然而，事情并非一帆风顺。

一天，为了一处灌注混凝土的事，监理人员与中方管理人员之间终于爆发了一场“火并”。

事情是这样的。有一个建筑物厚达两英尺（1 英尺 =0.3048 米），由于道窄，难以进行人工绑扎钢筋，原设计的一次性灌注水泥极为困难，中方提出分两次灌注。此事是事先与一个叫艮尔的监工商量并征得同意的，可后来正式施工时，艮尔不知出于什么缘故又说不行了，硬要返工。争执就这样开始了。

金龙得知后赶到工地，责问艮尔为什么出尔反尔。谁知艮尔不但不认账，反而出言不逊，说：“我想让你们怎么干就得怎么干。你们中国经理算什么？最多也就是这个。”他轻蔑地伸出一个小拇指。

“你等着，”金龙大怒，立即找到 WAPDA 官员和总工，义正词严地声明，“我以中国地质工程公司 CRBC 工程承包经理的名义，正式通知贵部，艮尔作为你们的监理人员，不仅不具备一个技术监理应有的素质，同时严重损害中国人民的形象，我们坚决要求撤销艮尔 CRBC 工程监理的职务，并且要求他从即日起离开工地，否则一切后果我们将不承担责任。”说完，金龙折身回到工地，命令全体人员暂停施工。

WAPDA 官员傻了，赶忙前来赔礼道歉，并且当众宣布“艮尔是不称职的技术人员”而将他撤离岗位。

中国人获得了胜利，这是承包商应有的权利。

事后，将被撤职的艮尔眼看要失去饭碗，几次找金龙恳求谅解，并请求恢复工作。金龙说：“看在中巴友谊的份上，我可以同意你回到原来的岗位，但必须试用两个月再定。”艮尔从此老老实实地工作，与中方人员配合得十分默契。

这件事引起了工地所有监理人员的震动，从此谁也不敢再有意给施工出难题了。有监理人员的配合，整个施工运转就像添了润滑油似的，一天一个新纪录。每当月光洒向大地，中国工程技术人员收工回到宿舍时，都会按捺不住内心的兴奋，直夸经理“实在是高”，甚至有人说：“金龙可以当外交部部长。”

金龙摆摆手，腼腆地一笑：“外交部部长当不了，不过有一点我认为非常重要：与‘洋人’打交道，不管在什么时候，我们都应该摆正自己的位置。该当主人时，为什么还得去装一副仆人样呢！”

“坏了坏了，那边又打起来了！”一天下午，有人气喘吁吁地前来向金龙告急。

“谁跟谁打了？”金龙忙问。

“老巴跟老巴。”

金龙一听，赶忙让人带他到出事点。

此刻，工地上，有那么一群巴基斯坦民工将一位监工推倒在地，在他屁股上你一拳我一脚地踢打着。那往日耀武扬威的监工倒在地上大声嚎叫。

“怎么回事？”金龙问在场的人。

“这家伙今天不知喝了什么牛尿，对民工们蛮横指责，这不行那不是的，民工们被惹火了，嚷着非要教训教训他。”

金龙一听，抹抹嘴，然后朝大伙挥挥手：“开饭时间到了，走吧！”说完，扭转屁股便走。

“密斯特孙，你为什么不制止他们打架呢？”事后，一位WAPDA官员问金龙。

孙金龙说：“这是贵国朋友之间的事，我不宜插手。再说，那位监工先生现在比以前工作得好多了，我们还准备奖励他呢！”

“孙，你真是个狡猾的家伙！”

“是吗？哈哈……”

其实，巴基斯坦朋友真正领教他们的合作伙伴的厉害，是后来的事。

在超速加快施工的同时，金龙还在考虑着另一笔账：这个使中国人倒霉透的 CRBC 工程，由于投标时费用预算太低，赚钱早已无望，但能为国家尽量争取少赔些也是可能的。出国前部长对金龙有话在先：赔 200 万美元之内都算成功。200 万美元也不是个小数目呀！金龙来自基层地勘单位，知道一个地质队每年想多争取些地勘费是非常非常困难的。这 200 万美元要是不赔或少赔些的话，那地质队的日子不就相对好过一些吗？无论如何，哪怕为国家省一分钱也是好的。金龙在指挥生产的同时，一直这样提醒大家。

“玉山，这阵子用的石料都是我们自己备的，算过没有，一个月省了多少钱？”已经深夜 11 点了，金龙刚把工作服脱掉，又马上开始了他新的运筹，他问财务人员兼碎石场场长包玉山。

包玉山掏出计算器，按了几下高兴地说：“头一个月我们就把 20 万卢比的碎石机给赚回来了。嗯——我估计，仅这一项，我们就可在整个施工中节约几十万元。”

金龙要过一支烟。他平时不抽烟，只是在深思时偶尔点上一支。“现在正值巴基斯坦闲季，四周乡村的剩余劳力很多。按照经济价值规律，这个时候的雇工工资应该会下浮些。”金龙征询包玉山的意见，“你说我的方案行不行？如衬砌这种工，用工很多，现在我们出的工钱一直是按忙季时定的价，如果根据不同的季节，我们把雇佣工的工资标准上下浮动，不是可以省一大笔钱吗？”

“主意倒是不错，可弄不好会捅大篓子的！”包玉山虽然觉得经理的话有道理，但还是担心此举涉及众多民工的切身利益，需慎重行事。

“搞市场经济就得敢于冒风险。”金龙坚持要试一试。

果然，中方决定将原来每衬砌一平方英尺付 2.7 卢比的劳务费用降至 2.1 卢比的消息传出后，工地上顿时掀起轩然大波。

当地民工纷纷扔下手中的工具，抗议这个决定，并声称：“不恢复原来的工资标准就罢工！”

刚刚出现的转机，一下子又开始逆转。接连数日，工地上没有了往常那种热火朝天的气氛，虽然民工们依然上工地，但明显在消极怠工。

“经理，这可怎么办？”

“赶紧想想法子，事情弄大了就更不好收场呀！”

“可不是，今天的当地报纸都把工地上的事登出来了。”

这几日，金龙的身边尽是这类火烧火燎的警报。有人提出为了不影响施工进度，先答应民工们的要求，然后再慢慢商量。金龙断然否决，他说：“做什么事情都绝不能姑息迁就。我们是在按市场价值规律办事，不会有啥大问题。现在要考虑的是如何引进雇工竞争机制，不要让那些消极怠工的人觉得我们离开他们就不行。从明天开始，大伙分头到附近的劳务市场招工，”末了，金龙添了一句，“并且把招新工的风放出去！”

果然不出所料，眼见中国人动真格的了，那些怠工十几天的民工有些顶不住了，他们对中国人给的每天十几甚至几十卢比的收入还是非常眷恋的。不几日，怠工便自然而然地消失了，工地上恢复了你追我赶的景象。

至此，中国承包工程的全体人员才松了一口气，他们打心眼里佩服自己经理的胆识和魄力。有一笔账大家都会算：仅此一项措施，就为国家节省了两万多美元。

事后，WAPDA 官员见金龙后，伸出大拇指直夸：“密斯特孙，你太厉害了！”

金龙笑了，说：“我没有什么厉害，这是我们共产党人的祖先卡尔·马克思的发明，这叫按价值规律办事，泾渭分明么。”

第五章 “中国人了不起！了不起！”

为了了解整个 CRBC 工程的施工情况，我采访了跟随金龙一起战斗的中国工程技术人员。采访越到后来，我越理解金龙为什么不愿多谈这一段辉煌战史，因为这实在是一场太严酷的恶仗。

他是一个已经创造了响当当的业绩，且头顶五色光环的人物。他此行的结局无非是两个：一是成功，再戴一只桂冠；二是失败，身败名裂，连以往那些桂冠也变得一分不值。

“你不要把我想得多么复杂。”北戴河采访后回京，过了半个月，我们又见面了。这次金龙还特意把几位一起到巴基斯坦同甘共苦的兄弟叫来了。也许是酒的催化作用，他不像在北戴河时心情那么忧郁。他说：“其实我们这些人一上工地，即便有再多的想法，也会通通丢到脑后。说得难听点，那时连亲娘老子不在了也会全忘了。你相信不？”

我不敢点头。

金龙见我不怎么相信，便举例说：“我说我们在 CRBC 工程上的事吧。负责土方工程的李定武，在家里是有名的孝子，出国后没多久，他父亲就死了。他听说后哭得死去活来。可是为了工程，他把痛苦埋在心头，直到把工程完成才回国到父亲的坟头尽孝。搞测量的刘杰同志，为了保证自己负责的那一摊工作不拖后腿，他的双腿被一种叫沙漠蝇的飞虫咬了，烂得连骨头都露了出来。我们几次劝他去伊斯兰堡治疗，可他就是不肯，说他一走就得窝工。他每天拐着双脚，在工地上走一步甩一把汗的情景，谁见了谁都鼻子酸……再说咱们的两个副经理吧。宗国英是公司的‘老巴通’，在巴国干了五六年，据他自己说，除了偷和嫖没干过，什巴通'，在巴国干了五六年，据他自己说，除了偷和嫖没干过，什么苦都吃过。就是这么个铁打的汉子，在咱们的 CRBC 工程上竟然也几次累病了，连从床上爬起来的劲都没了。另一个副经理鲁良民，他的妻子因单位效益不好长期拿不到满额工资，还带着两个孩子，过的日子说起来让人心酸。可鲁良民没有因为家里的事耽误过工作。他说他在国内是'全国五一劳动奖章'获得者，到国外来工作就得比别人更像样地干。那百十来斤的筋骨架每天干的是顶天立地的活，谁见了谁佩服。你想让他少干些？就是拿刀子捅了他他都不听你的……"

"别影响了食欲，我们还是来消灭桌上的这些东西吧。"看着金龙他们不堪回首的样子，我忙打岔。事实上，我怎么会不相信他刚才的话呢！公而忘私、公而忘我、公而忘亲的事，在金龙身上都发生过。

我见到他在中国地质大学任教的妻子胡玲。小胡对我说过，这几年金龙脑子里装的全是单位和工地上的事，不用说平时没顾过家，就是人生最重要的结婚、生孩子这两件大事，他都可以撇在一边。

胡玲说："1989 年暑假，我们原先商定好到北京结婚。可后来金龙正带着队伍在东北公路第一大隧洞施工，回不来，于是我就决定到他队伍的所在地辽宁朝阳去把婚事办了。我们的婚事是咋办的，恐怕连你这个想象丰富的作家也想不出来。"胡玲淡淡一笑，一副无可奈何的样子，"我从北京出发，当天下了火车后，他就忙忙乎乎地拉我到街道办事处办了手续。他倒很干脆，说今晚就办喜事。他在队上是第一把手，我本来浪漫地认为可以把婚事办得热热闹闹，譬如说有点儿地质队的山野风味。可谁知他这个'官儿'连间住房都没有，平时他就住在办公室。结果只好到队上的招待所临时借了一间，算作我们的'洞房'。他为我买了一条裙子，自己添了一双新布鞋，加上几位老同志临时赶制的一套新被褥，这就是我们结婚时的全部家当。

“晚上倒也热闹，队上很多人来祝贺，我们过了12点钟才安静下来。可是不到凌晨4点，金龙就把被子一掀，催我起床，说他要到抚顺去参加省地矿局的一个会，顺路还要到沈阳谈个项目。这洞房花烛之夜就那么过的。第二天，我们住在省局招待所。第三天他把我带到抚顺。省局领导听说我们结婚搬了两次洞房，执意要像模像样再布置一个。这样我们就三天之内入了三个洞房。新婚第六天早晨，金龙又要上百里外的工地，我就只好返京。

“我们的整个蜜月就是这样过来的。”胡玲在叙述时如同给人讲故事一样，脸上没有委屈的表情，但多少有点作为女人过多付出之后的沉重感。

胡玲和金龙是湖北同乡。徐迟的一篇《地质之光》报告文学把这两位少男少女召唤到了地质队伍中来。两人先后考上了武汉地质学院，金龙比胡玲高三届。他们相继考上了中国地质大学研究生院。随着交往和年龄的增长，一种朦胧的情感潜入了这对年轻人的心中。金龙毕业时放弃留京工作的机会，毅然决定到东北辽西那个坑探大队。胡玲理解金龙的选择，但对将来天各一方的生活不是没有想到，可爱情战胜了少女的心，她主动向金龙进攻，就这样，爱情之花结了果。

“结婚后两地分居我是早有思想准备的。不过，后来我怀孕后，还是希望他能在我身边。女人想孩子，可又最害怕生孩子。”胡玲讲起她生孩子时的情景，眼圈不由红了起来。

“那是1990年10月中旬，我快要临产了，当时他正在‘引青济秦’工地上带着队伍施工，脱不开身。我就拖着十分不便的身子到了朝阳队部，希望生孩子时他能在我身边。开始也算巧，他正好有事从工地回到了队部，我心里好高兴。10月24日，我开始产前阵痛，他把我送到医院。可刚帮我办完入院手续，秦皇岛工地又来电话了，这一个电话就把他的魂给勾走了。我看着他站也不是坐也不是的样，便说：‘你想走，就走吧。’后来他一咬牙真走了。当时我眼泪哗哗地浸湿了枕巾。同屋的几位产妇姐妹们为我愤愤不平，骂金龙太不近人情，说天底下哪有比老婆生孩子更要紧的事。有人则说我太老实，马上发电报让他再回来。我擦擦眼泪，忙向姐妹们解释：‘他在工地上忙，我、我不怨他。’我嘴里这么说，可眼泪却往肚里流。我是难产，在产床上整整折腾了48小时，那是要命的48小时呀。我多么渴望他能在我身边，给我哪怕是一丝的力量。唉，可他却在千里之外的坑道里……”

地质队员的妻子们差不多都与胡玲一个样。她们把心给了丈夫，却不能得到多少回报。她们为丈夫生儿育女，自己却长年累月守空房。金龙是地质队里的领头雁，他给予妻子的就更少了。

“只要有工程，他的心就装不进别的。没有工程时，他又食不香寝不眠地想工程。”妻子胡玲说，“平心而论，他一直希望当个好丈夫和好爸爸，我和儿子在他的心目中也从来都非常重要。可他是一队之长，有了工程，他能不操心吗？没了工程，几百号人就得饿肚子，他不更得操心吗？”

胡玲的话是对丈夫最实在也最贴切的评价。金龙心系工程，工程牢牢牵制着他。凡人都有七情六欲，如果说劳动模范都是整个心儿装着公事，那不合常情。金龙是喝了十七八年墨水的知识分子，儿女情长和父子骨肉之情或许比一般人更浓烈。他是这种性格和情操的人，正因为他是这样的人，所以对工作也是那样感情浓烈，那样投入。

我没有亲眼见过施工现场金龙的模样，但据他对待家事的态度，也能对工作中的他琢磨出个大概。

家里的金龙也总是一团火。他爱得把你揉碎，揉碎后再拧成团，塑个他要的模样。他的儿子小名叫“牯子”，在他的家乡这是“小牛”的意思，牯子与父亲一样结实。金龙在儿子淘气时会用那只大巴掌狠狠地揍他一顿，儿子顿时哇哇大哭。一旁的妻子看在眼里，默不作声，但心头痛得厉害。只有此时，她才会朝丈夫抱怨：“你太自私了！”她说，“你这当爹的只看到自己的儿子淘气就这样打他。儿子是我身上掉下来的肉。长这么大，你当爹的操过几天心？你这么狠打他就是不理解我在儿子身上花的心血，不是自私是什么？”

还是儿子乖，父亲这样打他，转眼他又扑到父亲怀里，父子俩又乐得天翻地覆。

妻子摇摇头，没辙，那心头的一丝怨恨也随之消逝得无影无踪。

到 CRBC 工程后几个月过去了，金龙几次提笔想给妻子写封信，问问淘气的儿子又长多高了，可几次提笔又几次搁下，工地上的事让他难有片刻安宁。

“儿子，工地离不开爸爸呀！”他的身子在下坠，一躺下便什么都不知道了。作为经理，金龙肩负的压力是常人无法感受到的。他这个经理是个名人，所以要比普通的经理多了几倍压力。许多次，他正要躺下时，伙房的师傅起床开始做早餐。金龙每天的工作时间几乎都是 20 个小时左右。

“儿子，不是爸爸不想你和你妈，爸爸在工地上必须比那些为抢时间争速度而拼命干的叔叔伯伯们更拼命。”

沙漠是干旱的，干旱的沙土也咧开了嘴。但又时常有洪水肆虐，每年春天与秋天必有两次大洪水袭击。就在金龙他们干得正欢时，又一场大洪水向正在施工的渠区咆哮而来。刚刚筑好不久的一号导虹出现紧急险情，漩涡挟着泥沙在水渠底下呼啸奔涌……“不得了啦，洪水要冲垮水渠啦！”工地上，数百名巴方民工急得不知如何是好。唯一的办法是下水探明拱孔是否被冲垮，方可尽快采取对策。“谁下去，给100卢比！”民工们吐吐舌头，没人敢应战。“200卢比！……300卢比……”还是没人应战。“别嚷了！”金龙赶来了，他把衣服一脱，命令一名助手，“拿酒来！”酒拿来了，是地道的北京“二锅头”。金龙有肝病，平时不喝酒，可此时他毫不犹豫地往嘴里灌下半瓶，然后在腰里系上一根绳子，让几个身强力壮的民工拉住一端，自己便纵身跳进呼啸的漩涡之中。“孙经理，小心哟！”“真主保佑密斯特孙吧！”岸上，中国同胞、巴基斯坦民工们的心全都悬在嗓子眼。一分钟、两分钟、十分钟、二十分钟……等金龙摸清情况，被人用绳子吊起来时，他的脸铁青铁青……

“中国人了不起！了不起！”巴基斯坦民工们情不自禁地将金龙簇拥起来，一双双溢着热泪的眼睛里充满了敬佩之情。什么是友谊？这就是！什么是朋友？这就是！

身先士卒的领导者成了大家的榜样，它不分国籍，不分场合，巴基斯坦民工们从金龙的身上似乎一下子悟到了一些什么。

“中国人玩命为我们修渠筑道，我们没有理由不好好卖力了！”民工们发誓要以实际行动来报答中国朋友的崇高友谊。

工地上，人们似乎全都“疯”了：中国人、巴基斯坦人；雇主、雇工，简直难以将他们区分。他们只有一个共同的目标：早日把渠道修好，让那清凌凌的印度河水去唤醒沉睡千年的沙漠，变荒芜为绿洲，变贫困为富饶。

“哟，嘿——！”

“喔哟——！”

不同肤色，不同语言，却唱出了和谐的号子，回荡在大地与苍穹之间。

没有了白天。

没有了夜晚。

只有热火朝天的工地。

中国人的声望和威望与日俱增。

日历尚未将1992年6月的最后10页撕下，在金龙的统帅指挥下，中地公司承包的CRBC工程施工任务全部完成。喜讯通过电文传到拉合尔，WAPDA官员们简直不敢相信。第二天，大小官员们亲临工地一看，可不是，全完工了！

巴基斯坦“水王”拥抱着金龙久久不肯松手。“密斯特孙，你太伟大了！中国人民太伟大了！”

中国驻卡拉奇总领事来了，他握着中国工程技术人员的手，连说：“谢谢，谢谢你们给祖国争得了荣誉！你们让我感到自豪和光荣！”

亚洲银行的官员们来了，他们一定要金龙介绍，为什么在短短的10个月中完成了3倍于以往3年间所完成的工作量总和的任务；为什么一个明摆着要赔几百万、几千万美元的工程，在你孙先生手里不仅没有赔钱，反而还盈利了20多万美元？！

“那里有一群了不起的中国朋友在工作，为什么不去？走，马上就走！”一架银燕从伊斯兰堡直飞地埃汗上空，机上坐着的是巴基斯坦总理纳瓦兹·谢里夫。

“帕克一秦，金达巴，金达巴！”年轻的谢里夫总理居高临下地视察了中国人几乎是弹指一瞬间筑起的水渠，连声赞美和欢呼起“巴中两国兄弟友谊万岁”来，那情景让人激动，让人难忘……

金龙回来了，带着中国人扬眉吐气的自豪回到了北京。

金龙又一次成了新闻人物，他的事迹不断出现在报纸、电视上。但金龙每次接受记者采访总是这样说：“CRBC工程是中国应该干好的工程，如果说它后来出现的奇迹值得夸耀一下，那也是我们中地公司及施工现场全体人员共同努力奋斗的结果。还有，如果没有中央领导和地矿部领导的直接关怀，这个工程也许现在仍在泥坑里转悠呢！在这个工程中我真正感到有收获的是前期工作。改革开放后我们开始向国外迈步，有句歌词是‘外面的世界真精彩’。确实外面的钱也好赚。但如何赚到钱，如何树起我们中国人的形象来，这恐怕不像唱歌那么简单了，这需要头脑，需要魄力，需要实干苦干……”

金龙比以前更成熟了。如今，作为中地公司的总经理，他看得更深、更远。在万舟扬帆“出海”的今天，我相信，金龙的事业一定会更辉煌。

他注定是这样的，因为他是龙。

1992年夏于北戴河—北京

女酋长

（五集电视文学剧本）

第一集

1．南国佤寨

清晨。

晨曦似柔纱般笼罩着美丽而宁静的佤寨山林。

突然，有人大喊：

“杀人啦！杀人啦——”

整个佤寨被惊醒，男人们纷纷跳下床，手持各种器械冲出家门，女人们则惊恐地把吓哭的孩子搂在怀中。

在村寨后面的那个矿硐的山坡下，一大群明显不是佤家人的外地汉子们，正疯狂地冲破几个佤寨人对硐口的守护而肆无忌惮地抢、运装着矿石。两个不甘心看着自己用血汗凿出的矿石被人抢走的佤寨小伙子刚要反抗，就被人拳打脚踢，只好瘫坐在一边，他们的身边已躺着一个被铁锹砍得血流满面的伤员。

抢矿人刚要启动几辆装满矿石的汽车，猛地发现自己的退路已被成百名手持器械的愤怒的佤寨人团团包围。

抢矿人惊恐的目光。

佤寨人愤怒的目光。

械具在晨曦中闪着青光。

佤寨青年阿青一挥手，前排的几十个佤寨人“唰”地几乎同时拔出腰刀，他们一步步逼近抢矿人。

抢矿人惊慌失措地举起火枪。

佤寨人挡不住的脚步。

抢矿人的手指扣住扳机……

相隔几米的双方对峙着，剑拔弩张，情况十分严峻。他们似乎都明白一场大械斗、一场新的流血事件已不可避免……

在这千钧一发之际，只听半山腰响起“吁……”的一声清脆响亮的催马扬鞭声，转眼间一匹剽悍的黑马从丛林中跃出，马背上是一位装束独特的佤族年轻姑娘。只见飞马不偏不斜地跑进双方对峙的中间的狭道。持枪的抢矿人还不知是咋回事，只见姑娘手中的鞭子往空中一挥，抢矿人手中的火枪“噼噼啪啪”地从手中掉下……

抢矿人中为首的那个瘦猴见势不妙，挥手率众弃车，落荒而逃。

众佤寨人欢呼雀跃，纷纷围向飞马。当他们定神凝视马背上的姑娘时，无不惊愕：是她？！

姑娘转过脸，一张俊俏无比的脸上有一双妩媚中带几分冷峻的眼睛。

定格。推出片名——《女酋长》。

编剧、导演、演职员表……

2. 南国，如诗如画的春色

在两座原始山岭中间的一条简易公路上，一辆敞篷式汽车在颠簸着向前奔驰着。车后厢内是十几位打扮时尚的城市姑娘，她们不时为险峻的山路和风光如画的景色大呼小叫着。

驾驶室内，坐着一男一女。男的40岁模样，驾着车；女的30多岁，漂亮的脸蛋上有一双会说话的眸子，应该是一位演员。

长途乘车的疲劳与乏味，让女演员不时打着瞌睡。她的身子紧贴着男的，显然两人的关系非同一般。

女人的头一下子倒在方向盘上，车子险些滑向山崖如削的路边。

男人急忙扳过方向盘，惊魂未定地说："我说林娜，你是成心让我把一车人折进山沟喂老雕呀！"

惊醒的林娜内心也不知从哪儿蹿出一股火："我成心还是你成心呀？不好好地在城里待着当歌厅老板，非要钻到这鸟不拉屎的鬼山沟里搞什么摩登巡演！"

男人长叹一声："唉，城里的老板是没法当了，你没瞧见咱那条街上一夜间就爆出七八家卡拉OK厅吗？再挤在那儿呀，我钱鸣连你都得租出去换饭吃了！"

林娜气得使劲在男人的大腿上拧了一把："我看你敢不敢出租！"

"哎哟！"钱鸣像猪被宰似的嚎叫起来。

后车厢里的几位姑娘听到动静，七手八脚地击打起驾驶室的后夹板，大声喧嚷着："老板，你跟林姐又在唱哪出戏呀？"

"快停下让我们开开眼哟！哈哈哈……"

钱鸣瞥了林娜一眼，示意她松手。

"闭上臭嘴，待会儿有野鹰让你们尝鲜的！"林娜朝后车厢吼了一声，转头依旧娇嗔地将头往钱鸣肩膀上一斜。

"你让我怎么开车呀？"

"就要你这样开！"

钱鸣无奈地用手指刮了一下撒娇的林娜的美丽的鼻子。

"真拿你没法。"

汽车继续颠簸地朝前开着。

3. 车子进入佤族境地，俊秀美丽的紫罗山进入我们的视野

绿林，啼鸟，鲜花……

蓝天，碧云，高山……

隐约从大山深处传来一阵歌声，那歌声由远而近，随车而走，似清清的泉流，如柔软的春风，轻轻吻着山林间的树木、路边的花草。

“你们听，谁在唱？”车上七倒八歪的姑娘们纷纷直起耳朵倾听起来。

“太美了，有点像李谷一的味道！”

“不，像毛阿敏，而且比毛阿敏的声音更抓人！”

姑娘们的嚷嚷声惊动了驾驶室内的钱鸣。“你们吵什么？”

“老板，你听，这歌声多美呀！”

钱鸣把半开的玻璃窗摇下，跟着侧耳聆听起来。

“林娜，快醒醒！”

“什么呀？讨厌。”林娜很不情愿地直直身子，揉着迷迷瞪瞪的眼睛。

“你听听，简直绝了。”钱鸣的注意力完全被歌声抓住了。

歌声在山林间回荡、飘扬。

林娜听着听着也入神了：“哎，钱鸣，你得抓住这只百灵鸟呀！”

“嘎吱——！”钱鸣把车子猛地一刹，“没错，我们又要发大财啦！”

说完，他拉着林娜下了车。

“小妞们，都下车找地方松松筋骨！”钱鸣朝后车厢招呼道。

"乌拉——！"姑娘们嘻嘻哈哈地跳下车，活泼快乐地奔进山林间。

"走！我们去找百灵鸟！"钱鸣拉起林娜，就朝歌声的方向奔去。

丛林中，钱鸣拉着气喘吁吁的林娜不停地寻觅着歌声。

此时，在另一个方向，也有一个年轻后生被歌声打动，也在寻觅唱歌人。这位20多岁的青年人叫邱童，是自费从上海来云南写生的美院毕业生。沁人心脾的歌声使他的注意力从画架上转移过来，邱童听着听着，慢慢收起画架，沿着山间的小路找去……

钱鸣和林娜急促地循声走来。

4. 紫罗山瀑布

长流直下的瀑布汇成一个不太大的清池，清澈的池水又奔忙地绕过几个弯朝山下泻去……

这时，我们才看清，身穿佤族服装的阿翠姑娘，欢快地唱着山歌，一边脱下上身的小袄，一边一步步朝池水中走去。她解开盘在头上的秀发，那长长的乌发披在她白净圆滑的肩背上，碧绿的池水托着她那仙女般的身体。阿翠心旷神怡地边嬉水边唱着山歌，那歌声冲出山涧，伴着升腾的雾气飘扬在山林之中……

山崖上，钱鸣拉着林娜拨开禾草枝丫，终于——他们看到了唱歌人。

钱鸣赶忙举起相机。

"哇——太美啦！"林娜发自心底地喊叫道。

山坡的另一端，邱童也寻到了唱歌人。他被这迷人的景色和池水中戏水的"美人鱼"所征服，迅速熟练地支起画架……

池水里的阿翠，似乎发现山坡上有人在窥视自己，便戛然停止歌声，一头扎进水中。池水顿时溅起无数浪花与涟漪，待水面平静后，阿翠已消失得无影无踪……

钱鸣嗔怪地瞪了林娜一眼，很不甘心地收起相机。

在另一侧山坡上，邱童手中举着的画笔也停住了，他最终遗憾地摇摇头。

美丽的紫罗山恢复了平静，只有瀑布飞泻的喧嚣声。

5. 佤寨，夕阳西斜的黄昏时

竹楼前一片宽敞的空地上，钱鸣正带着几个帮工忙着架灯线、搭彩台，林娜则与姑娘们在后台整理道具和化妆。

不多时，空地四周已聚满了前来观看表演的佤族男女老少。

“各位先生，各位小姐，各位父老乡亲，今天我们春城明珠模特表演队首次到这美丽的佤寨表演，十分草率，还要仰仗诸位多多关照，拜托啦！”乐曲声中，手持话筒的钱鸣走到前台连向众人鞠躬，他那不合佤家人时尚的礼节，博得众佤寨人一片嘻笑。

音乐响起，身穿都市时装的模特小姐们开始表演，她们时而左，时而右，时而前，时而后，身上的时装由厚到薄，由薄到透，最后竟是身穿“三点式”上场了！

场外，顿时发出阵阵尖叫声。小伙子们兴高采烈，老人们则在骂骂咧咧地敲着旱烟筒，年轻的姑娘们悄悄躲进了竹楼，她们似乎在预谋着什么……

“脱，再脱呀！”有人一边嚷着一边朝表演场内扔烟袋。

场上的姑娘卖力地表演着。

后台，钱鸣正得意地抖着二郎腿，林娜则气呼呼地来回踱着步。

“脱脱，都剩‘三点’了还不够，这不是逼老娘光着身子上场么！”

“这有什么不可以！只有场上火爆，我们的肚皮才能填饱！”

林娜抓起一副乳罩就往钱鸣的脸上使劲扔去：“让你妈去火爆吧！”说完，往地上一坐，罢工了。

钱鸣这可着急了，连忙过来哄劝：“姑奶奶，今儿个是最后一场，明儿咱们就回城，再重新好好料理料理明珠歌厅还不成么！啊，快快去张罗，别冷场了！啊，快！”

正在这时，台上表演的姑娘们也气呼呼地一哄而下，冲着钱鸣直嚷嚷：“老板，没法表演了！我们不干了！不干了！”

钱鸣左劝右说，谁都劝不住，急得直跺脚：“你！……明天我就全辞了你们！”

场上，喧嚷和吼叫声一浪高过一浪，钱鸣急得束手无策。林娜一看事情闹大了不好收场，便赶忙上台想对观众们说几句，谁知刚照面，就被烟袋、香蕉皮扔得落荒而逃。

“野蛮！野蛮死了！”

正当钱鸣、林娜和模特姑娘们走投无路时，只听竹楼里传出一曲悦耳的歌声——

《阿哥你不要着急》

顿时，场上倏然安静下来。

竹楼里，一群佤家姑娘像仙女般走向表演场的中央，跳起了欢快的佤族舞。光彩夺目的阿翠边歌边舞，更是如磁铁般吸引着全场的注意力。

精美的民族服饰。

优美诱人的舞姿。

扣人心弦的歌喉。

征服了佤族人，更征服了钱鸣和林娜他们。

“太棒了，太有民族特色了！要是弄到城里去，一定独一无二，无比火爆！”钱鸣使劲摇着林娜的肩膀，“你看怎么样！嗯？”

“既有毛阿敏的歌喉，又有杨丽萍的气质，行！太行啦！”林娜也情不自禁地称奇道。

6. 竹楼内，阿翠家

钱鸣、林娜正与阿翠妈热烈地交谈着。阿翠则在一旁边织着长裙边静静地听着。

“阿妈，阿翠姑娘就像紫罗山上的一只百灵，经过正规的专业训练，定能比电视里的大歌星更出色！”

“是啊，阿翠天赋好，人也长得俊，阿妈您放她跟我们一块儿到城市，保您一辈子有享不完的福！”

钱鸣和林娜左一句右一句地劝说着阿翠的妈。

阿妈放下手中的活，看看阿翠，长叹一声说：“她阿爸去世得早，阿翠从小被寨里的人娇惯着，人前人后都捧着她，还不是像那山林里的雀儿喜欢叽叽喳喳几声，你们可别夸坏她了！”

钱鸣赶忙接过话：“不，阿妈，我们绝没有夸口。如果阿翠在城里学一年半载的，一定会出类拔萃。您不是很希望她有出息吗？那就不应该让她的天赋白白地埋没在这野山林里！”

林娜也一步一步地跟阿妈套近乎：“阿妈您用不着不放心，阿翠到城里后由我这个大姐护着她，一定让她给你们全寨人添光彩的！”

“这孩子行吗？”

“行，准比您们这儿的那个杨丽萍还行！”

钱鸣一看火候已到，便从包里掏出一叠钱，放在阿妈腿上：“阿妈，你们这儿的生活还不太富裕，这3000块钱算是给您的一点生活补贴吧，等阿翠到城里落脚后，我再给您寄。”

“这，这怎么成呀！”阿妈手拿着钱，不知所措。

7．竹楼外，佤寨青年阿青耳朵贴在竹门上，偷听着屋内的谈话。他看上去满腔怒气，随着屋内的谈话变得越来越强烈……

8．清晨

通往寨外的山路上。

钱鸣、林娜、阿翠骑着马朝前走着。

林娜有些感慨地问道："阿翠，想不到说服你阿妈这么困难！"

"可俺阿妈最后还不是点头答应了吗？"

钱鸣侧过脸瞧着阿翠，像是自语又像是无限感慨地说："是啊，一颗即将升起的歌坛新星，险些陨落在这茫茫的野竹林里！"

林娜讨好地说："钱鸣，你可当了一把伯乐，真该给你授勋！"

钱鸣兴奋而感叹地说："只要有一天阿翠姑娘成为中国的红歌星，那就是对我最高的奖赏！"说完，他一挥马鞭，箭似的飞奔向前。

林娜对阿翠高声说道："阿翠，冲！"

三匹马在山路上狂奔着、追逐着……

阿翠终于跑到最前面。

忽然，从山坡上直冲下来一匹马，骑马人正是昨天在竹楼门外偷听他们谈话的佤族青年阿青。他把马横在了路上。

阿翠忙勒住缰绳不解地问道："阿青哥你？"

阿青仇视地看着赶上来的两个汉人，调转马头伸出长臂，一把将阿翠挟抱在自己的马上。他两腿一夹紧挥马鞭，骏马发疯似的冲向山坡……

被这突如其来的事情惊呆的钱鸣猛地缓过神来，他大吼一声："站住！站住！"

横卧在马上的阿翠拼命地挣扎着喊叫着："放开我，你要干什么？放开我——"

阿青实在不忍心看到阿翠焦急，实在不忍心听到阿翠痛苦的喊叫，他终于缓缓地松开手。阿翠从马上摔下来，又朝山坡下滚去。

阿青对躺在地上的阿翠吼道："阿翠，你是我们佤寨的百灵鸟，为什么要飞出紫罗山？你跟着汉人走，总有一天会后悔的！"

追赶而来的钱鸣和林娜忙跳下马扶起阿翠问："怎么样，阿翠？"

"没什么，咱们走吧。"

阿翠揉着摔疼的腰回答。

林娜关心地追问着："这个人是谁？这么野蛮！"

"他是我们佤寨的山鹰，叫阿青。"

钱鸣轻声追问："是不是你的男朋友？"

阿翠没有回答，把目光移向山坡时，听到阿青的吼声："告诉你们，早晚有一天，我会把阿翠夺回佤寨的！"

阿青调转马头策马扬鞭，很快消失在树林中。

阿翠疑惑的脸。

叠化成地下室中阿翠木然而无生气的脸（定格）……

（第一集完）

第二集
[片头同第一集，接阿翠闪回]

9. 夜

云南的一个繁华的城市。

华灯初上。

明珠饭店。

市中心繁华的商业街上，串串珍珠似的彩灯闪烁着金黄色的光晕，霓虹灯组成的“明珠饭店”几个大字在夜色中闪着粉红色的光芒。

街道上各种路牌、商号和五颜六色的广告牌将整个城市装点得更加迷离。

悠扬的乐曲从酒吧中传出。

小贩的叫卖声不时地传来。

一辆出租车停在了明珠饭店的大门前，钱鸣和林娜走下车，初涉城市的阿翠一脸惊奇，不停地环视着四周，她完全被眼前的一切迷住了。林娜走过来提醒她：“阿翠，到了，进店吧！”

阿翠点点头，顺从地跟着钱鸣和林娜走进这座宾馆、餐厅、歌厅三位一体的中型酒家。

10. 女工宿舍

阿翠被领进一间女工宿舍，房间里两位年轻的女工正在洗头发和整理衣物，见进来人了，女工阿兰忙站起身来打招呼：“钱经理您回来啦。”

“嗯！”

钱鸣用鼻子哼了一声后热情地介绍道：“阿兰、阿蕉，来介绍一下，这是新来的阿翠姑娘，也是我们歌厅未来的大明星！”

阿兰和洗完头的阿蕉对视一下不语。

钱鸣近乎命令地吩咐着：“阿翠从今天起就住在这里，你们俩谁搬到地下室去？”

阿兰和阿蕉一脸不悦地对视着，阿兰淡淡地说：“我去吧。”

阿蕉忙跟了一句：“我也去。”

阿翠不安地忙对钱鸣表示着：“别别，还是让我去吧，两位阿姐你们就不要……”

“不行，怎么能让你去这下面住呢？！”

钱鸣斩钉截铁地拒绝了阿翠的要求，并对忙着收拾行李的女工吩咐着：“你们俩现在就去客房部为阿翠领一套新行李。”

阿兰和阿蕉立刻停下手。她俩相继从阿翠身旁走过，阿翠感到她们俩用充满敌意的目光瞥她一眼，她感觉如芒刺背，很不舒服。

钱鸣微笑着安排道：“阿翠，你先休息一下，明天你先在餐厅帮帮忙。”

“行，不过我什么时候开始学歌呀？”

“先由林娜老师帮你安排训练计划。”

林娜思忖片刻，安排道：“这样吧，明天上午你先在餐厅帮忙，下午我来接你，熟悉一下这里的环境好吧？”

“我听你的。”

钱鸣又接过话茬安排道：“阿翠，明天晚上咱们签个合同。城里不比你们佤寨，一切都要按合同办事。”

阿翠似懂非懂地点点头。

11. 翌日

饭店后厨。

阿翠扎着围裙在洗盘子，她在认真地刷洗着堆积如山的餐具。

阿兰和阿蕉相继端着厚厚的一摞盘子走来，她们俩相互递个眼神后便把盘子都堆放到阿翠面前。

阿翠看看这高高一堆似乎永远也洗不完的盘子，没有作声，她拭去额头上的汗珠，这才发现另两位洗碗女工正与阿兰她俩嘀咕着什么并露出得意的微笑。

她没有理会，又弯下腰干起来。

12. 时装店

钱鸣和林娜在帮助阿翠挑选时装。

阿翠试着那漂亮而昂贵的服装，她捂着脸，不敢对着镜子看自己穿着袒胸露肩的长裙，尽管他俩努力劝说，可阿翠仍用力地摇着头。

13. 歌舞团排练场

十几名女演员穿着紧身形体服在排练着舞蹈。

林娜领着阿翠走进来，她们站在墙边观赏着，阿翠露出了惊奇的目光……

14. 练声房

林娜和阿翠都站在钢琴旁，弹着琴的声乐老师指导阿翠发声，并赞扬阿翠学习认真。

15. 经理办公室

钱鸣拿出合同书，阿翠在合同上签字并按下手印。

在签有阿翠名字的合同书的大特写上打出“半年后”几个字。

16. 经理办公室

镜头从合同书上拉开，容光焕发的钱鸣正在打电话：

“是啊，阿翠的歌声会让你们大饱耳福。对，今晚正式在歌厅演出，当然是让你来捧捧场了。喂，多约些朋友来，好，一言为定！”

他放下电话，思忖片刻，又抓起电话拨号：“请阿翠小姐到经理室来一趟。什么？盘子让别人刷嘛！”

这时门推开了，钱鸣的爱人唐阿桂闯进来嚷着：“我说，你要不去，我可陪不了你那几位朋友，我都连干了三盅白的了，他们还不依不饶……”

钱鸣忙站起来骂了一句：“这帮混蛋又他妈的喝高了，我去告诉他们，你是老板娘，不是他们的陪酒女郎！”

这时，一直呆坐在角落里的钱柱却接过爸爸的话茬跳起来嚷道：“老板娘陪酒女郎、陪酒女郎老板娘……”

钱鸣望着自己的傻儿子气恼地骂道：“闭上你的臭嘴，你这个傻狍子！你他妈的怎么给我生这么个呆傻子呢？！”他转过身又冲唐阿桂骂了一句。

唐阿桂恼羞成怒地反讥他：“你骂谁？要骂就骂你自己吧！不安分的驴驹子能生出没毛病的小驴崽子呀？”

"臭娘们儿！"

钱鸣抱怨地又骂了一句，便疾步离开办公室。

唐阿桂从冰箱中拿出一盘香蕉，一边剥皮一边劝慰着：

"柱子，听妈的话，你都快17了，还这么不争气。赶明儿个妈给你娶个媳妇成了家，有人管着你，妈的心也就算放下了。"

钱柱嘴里塞着香蕉咕噜着："嗯，给你娶个媳妇，有人管着你……"

"混球！是给你娶媳妇！"

唐阿桂用手指戳着柱儿的脑门儿轻声骂着。

"混球，是给你娶媳妇！"

柱儿也用手指戳着唐阿桂的脑门。

唐阿桂伤心地披露心境："唉，要不是妈舍不得你，早就离开这个鬼地方了，你没有看见那个林娜跟你爸……"

"跟你爸……"

柱子又接了一句，气得唐阿桂满脸不悦地欲离开。

这时，阿翠走进来。唐阿桂忙嘱咐说：

"阿翠，经理一会儿就回来，你先替我照看一下柱子。"

阿翠点点头答应着。

唐阿桂不放心地转过身对儿子说："柱子，吃香蕉啊，别淘气！"

说完便离开办公室。阿翠见办公室就有柱子一个人在吃香蕉，便走上前打听："柱子……"

阿翠连叫了几声，柱子就是不理睬，突然柱子举起香蕉硬往阿翠嘴里塞，阿翠躲闪着，可是柱子却不住地嚷着："别淘气、吃香蕉，别淘气、吃香蕉……"

阿翠被柱子追得在办公室里跑着，柱子仍穷追不舍地喊着……

17. 走廊

钱鸣得意地对唐阿桂炫耀着自己的酒量："怎么样阿桂，我把大碗一端，全给镇住了，哈哈……"

钱鸣一阵大笑，阿桂应酬地说："这帮小子哪见过这酒量……"

她的话还没说完，就见从办公室的门里冲出惊慌失措的阿翠。

钱鸣还没等过去问个明白，脸上便被香蕉击中，接着又是几个香蕉扔出来，他们忙躲闪着，唐阿桂急得喊道："柱子，快住手……"

钱柱嬉皮笑脸地走出来傻笑着。钱鸣一面用手绢擦脸一面怒气冲天地对唐阿桂命令道："还不赶快把这个臭小子领走，让我怎么工作？！"

唐阿桂只好顺从地走向前，抓着柱子吆喝着："滚，什么时候你能不丢人现眼！"

她又瞪了钱鸣一眼，随即离开……

钱鸣歉意地对阿翠说："实在对不起，没吓着你吧？"

惊魂未定的阿翠摇摇头。钱鸣轻声说："阿翠，进办公室谈吧。"

18. 经理办公室

阿翠刚刚坐在沙发上，钱鸣便热情地递过一杯咖啡说："来来，喝杯咖啡定定神。"

"谢谢经理。"

钱鸣坐在阿翠对面的沙发上，点燃一支香烟后关心地问："阿翠，今晚可是你首次登台亮相，有什么问题吗？"

阿翠担心地回答："我好怕，怕唱不好……"

"这一点请放心，凡是经过我包装的歌星，没有不一炮打响、走红南国的，你只管唱。再说你千里迢迢背井离乡不就是为了今天吗？为了你阿妈和伲寨的乡亲们，你也该唱好！只要你登台就感觉自己是在为紫罗山唱歌，观众就是紫罗山下的那一片榕树、那一片竹林。你应该有自信一定会成功，今天你一定会赢来鲜花和掌声！"

听入神的阿翠感激地点点头，站起身动容地说："谢谢钱经理，我一定努力唱！"

钱鸣满意地点点头。

19. 夜总会

装修豪华的夜总会内光线忽明忽暗，灯光五彩缤纷，全场爆满，座无虚席。

乐手们尽情地演奏着欢快的乐曲。曲终，节目主持人林娜婀娜多姿地走到演出台正中，手持话筒说道：

"尊敬的各位嘉宾，下面我十分高兴地告诉大家，我们明珠夜总会向诸位推荐一位歌坛新星，她就是阿翠小姐！有请阿翠小姐！"

阿翠在一阵掌声中落落大方地走上来，她略带几分腼腆地向观众行礼。林娜继续介绍着："阿翠小姐，你看来宾多么喜欢你。可能诸位嘉宾还不知道，阿翠小姐不是在喧嚣的闹市长大，她来自山清水秀的伲寨，是喝紫罗山的清泉长大的百灵鸟。看得出大家非常渴望早一点听到她美妙动人的歌声，好！下面请各位嘉宾用最热烈的掌声欢迎阿翠小姐一展歌喉！"

掌声再一次响起来。

钱鸣得意地坐在观众席上鼓着掌。

阿翠平静一下兴奋的心情环视着，她开始演唱……

歌声中，阿翠似乎看到家乡的山、家乡的水、家乡的大榕树、家乡的竹林，似乎看到壮观的紫罗山瀑布……

阿翠在用心演唱着……

观众屏住呼吸倾听着……

一位青年走到钱鸣身边低声汇报道：

“经理，鲜花和花篮都买来了。”

钱鸣点点头吩咐道：“好，按我说的办！”

青年点点头离去。

在观众席的一个角落里，我们发现邱童惊喜的面孔，他迅速地掏出速写本，认真地挥动着画笔……

20. 阿翠家

歌声似乎也传到了伲寨，星光下的竹楼沐浴在蓝色的氛围里。坐在竹椅里的阿妈挣扎着站起来，步履艰难地走到门前，她扶着门框遥望茫茫夜空、浩瀚苍穹，思念女儿的愁云布满在她苍老的脸上，干涸的眼里渐渐湿润起来。她用衣袖擦擦眼角，也许她此时听到了女儿的歌声，也许什么也没听到，也许只听到了夜风吹动凤尾竹的沙沙声，可阿妈仍执拗地在听、在望……

21. 夜总会

疯狂的掌声。

尖锐的口哨声。

观众欢呼雀跃。

阿翠向热情到近乎疯狂的观众频频行礼，感激观众对她演唱的肯定和支持。

漂亮的姑娘、潇洒的小伙子纷纷跑上台献花，一束束鲜花盛开在她的胸前。这时，又有几个大花篮抬到阿翠的面前。

钱鸣缓缓吐着香烟，他望着沸腾的场面，想得很多也很远。

林娜喜悦的脸。

邱童凝神注目的脸。

阿翠激动的脸。

22. 化妆间

阿翠在十几名歌迷的簇拥下走回化妆间，人们的赞誉之声如潮，似乎要把这小小的空间冲破！这时，钱鸣和林娜还有唐阿桂一同走进来。

“诸位诸位，请离开这里，阿翠小姐需要休息，请诸位明天再来……”

钱鸣动员着往外推着非要找阿翠签字的歌迷们……

房间内只剩下了他们四个人，林娜拿着歌单认真地对阿翠说：“阿翠，这是港台最新的流行金曲，过几天我再请老师给你辅导一下。”

阿翠感激地说：“谢谢林大姐！”

唐阿桂不甘落后地用鼻子哼了一下，拉过阿翠说：“赶明儿个我再领你上街置几套漂亮的演出服,你就会彻底征服所有的观众！”

“谢谢老板娘！”

林娜不悦地说：“我要上场了，阿翠明天见！”

说完一扭头，便疾速离开化妆间。

一直在旁边抽烟的钱鸣关心地说：“阿翠，从今天起你就不要住在老地方了，我在楼上给你准备了一个高级套房，只有休息好，你才能演出高水平的节目来。”

“谢谢钱经理，我住在老地方就很好了……”

“不不，这是不行的，明天报社和电视台要来采访，你住那个地方怎么能接受采访呢？另外，我还要给你加薪，从这个月开始加到 500 元怎么样？”

这突如其来的一切使阿翠如在梦中，她不知说什么才好……

这时，一位女领班慌慌张张地来报告道：

“钱经理不好了……”

“什么事慌里慌张？！”

“柱子冲……冲上台，非逼着林小姐吃香蕉，歌厅乱套了……”

钱鸣扔下烟蒂便冲出去……

23. 夜总会

林娜像与钱柱捉迷藏似的在乐队演奏员的身后躲闪着对方的纠缠，各种乐器被他俩撞得乱响……

观众狂叫，大笑，口哨声、拍桌子声此起彼伏，乱成一团……

钱柱怀中抱着一大盘香蕉，不时撕下一个朝林娜抛去，将林娜追赶到表演区。

这时，钱鸣和唐阿桂跑过来制止。

24. 化妆间

阿翠在卸妆。

这时，一位小姐走进来，将一枝鲜花和一卷纸递给阿翠说：

“阿翠小姐，有位先生让我送给你的。”

阿翠接过这枝紫色的鲜花，高兴得赞叹着：“啊，多漂亮的紫罗兰哪！”

服务小姐赞同地点点头，转身离开房间。

阿翠不解地将绸带扎着的纸卷打开，她顿时惊呆了，那是一张画，正是阿翠演出时的惟妙惟肖的速写，画中阿翠的神态举止好像是她本人瞬间的凝固。

阿翠感觉这张画是她今天晚上收到的最满意的礼物，她兴奋地拿着画端详着，忽然，她发现在画的左下角写着一行小字，她念道：“明日10点百花园滴翠亭见，恳请务必赏光——紫罗山神灵的崇拜者。”

阿翠疑惑地自问着：“紫罗山神灵的崇拜者？是谁呀？”

提到紫罗山，阿翠顿觉亲切，她把鲜花和画一起轻轻地贴在胸前。

25. 百花园滴翠亭

垂柳。

湖水。

鲜花。

滴翠亭内。

邱童坐在椅子上，在进行水彩写生。

阿翠一身淡雅的衣裙，肩上背着挎包走来。她远远地看见邱童便走过去，当她走近时才发现，邱童闭着双眼似乎在回忆着什么。

她悄悄绕到亭后，站在邱童的背后，这时她才发现画纸上画的并不是眼前的景色，而是阿翠在瀑布下池水中嬉戏的场面，她惊讶地脱口而出："你去过紫罗山？"

邱童从意境中苏醒，他扭过头忙放下画笔站起身，有些激动地说："我去过紫罗山，我攀登过紫罗峰，我看过紫罗山飞流直下的瀑布，而且我还听过你唱的山歌呢！这一切都给我留下难以忘怀的印象，真是美极了！"

阿翠悄声问："昨晚的鲜花和画像都是你送的？"

"是的，阿翠小姐，谢谢你能准时赴约。我叫邱童，上海美术学院的学生。"

阿翠感谢地说："我应该谢谢你，画得真好！"

邱童连连摆手，仿佛沉浸在一种诗情画意之中，感慨地说："自从在紫罗山听到你美妙的歌声后，我的笔下就开始生花！"

26. 公园里的林荫路上

邱童和阿翠保持着一定的距离，走着谈着。

"我听说你们上海是个很大很大的城市，是吗？"

"是的，是咱们中国第一大城市！"

"那你们美术学院也很大很大了？"

邱童点点头，有几分感慨地说：

"我马上就要毕业，准备去法国留学，学习西洋油画的真谛！"

"去法国？"

"是的，阿翠，我有句话想跟你直说。"

"请说吧。"

"根据你的条件和声乐天赋，你也应该去西方深造，学习西洋唱法的技巧，我敢断言，你完全有条件成为世界级歌星，这也是我请你来的目的！"

"我？成为世界级歌星？"

“不要轻视自己的天赋，这绝不是为了讨好你而说的廉价奉承，要是你能同意跟我一起到法国，经过努力，我会帮助你将这一切都变成事实的！”

阿翠停下脚步，目光在对方的脸上寻找着，似乎在寻找这个答案是真是假……

此时，两人间的距离已经很近了。他们朝花红柳绿的公园深处走去，鸟儿欢乐地在树枝上啁啾鸣唱……

27. 夜总会

阿翠在欢快的音乐的伴奏下，穿着印度民族服装跳着印度舞，唱着印度民歌。

观众为之沸腾，击掌伴歌。

阿翠的脸上洋溢着青春的喜悦。

28. 经理办公室

钱鸣查点着一堆堆钞票……

29. 夜总会

阿翠穿着佤族筒裙，边唱边跳着舞，民族歌、民族舞，观众沉浸在欢乐之中……

30. 经理办公室

钱鸣的两眼闪着异样的光，他仍在数着一捆捆钞票……

31. 公园内

邱童荡着双桨，小舟在湖上轻盈地飞驰，打着花伞的阿翠幸福地望着邱童，望着这美丽的湖光山色……

绿树丛中。

追逐而来的阿翠和邱童都摔倒在草丛中，他们的身体渐渐靠近，火辣辣的目光对视着。两人猛地拥抱在一起，邱童轻轻地抚摸着阿翠的满头秀发。

阿翠仰起了脸，眼帘渐渐合上，邱童狂热地拥吻着……

一对彩蝶飞在花蕊上栖息着。

32. 经理办公室

“钱老板，我连着跟了阿翠几天，我发现……”

领班向钱鸣汇报着。钱鸣担心地追问：“发现了什么？快说！”

“她和上海来的大学生……”

“她和大学生到底怎么样啦？你这个结巴！”

“她……他俩啊在公园里亲……亲亲嘴了！”

“什么？！”

钱鸣一下子从转椅中跳了起来：“真的？”

“是真的！”

钱鸣瘫坐在椅子上，双眉拧成一个疙瘩，两眼眯成一条缝，大口大口地吸烟，团团青烟在他的脸上盘绕升腾……

33. 宾馆

一把钥匙插入客房门锁内。

门轻轻地推开。

一双脚一步步地向床前走去。

穿着背心和短裤的阿翠酣睡在铺有竹席的席梦思床上。

来人一点点爬上了床，一只男人的手轻轻地去抚摸阿翠裸露的雪白的大腿和丰腴的酥胸……

阿翠猛地从梦中惊醒，她迅速地坐起来，恐惧地大叫一声："谁？！"

阿翠惊恐的双眼定格在镜头中……

（第二集完）

第三集
[片头同第一集]

34. 地下室

"啊——"

一声惊愕的叫声使阿翠猛地坐起来，她的脸上沁着冷汗，惊恐的目光渐渐聚拢，泪珠一滴滴流在脸上……

35. 宾馆

（叠化）

满脸是泪的阿翠痛哭着，衣衫被扔在床下，她用毛巾被挡住自己的身体。

沙发前站着得意的钱鸣，他正在提裤子……

阿翠近乎疯狂地咆哮着："我要回紫罗山！我要回紫罗山——"

穿好衣裤的钱鸣话语中含着威胁，冷笑着回答道："你还清这几年的生活费用，我可以放你走。不过咱们签有合同，单方撕毁是要负法律责任的！"

钱鸣看看手表指针，正好指向 8 点 30 分，他拢了一下头发，近乎命令地说："别忘了今晚 10 点的演出！"

钱鸣说完便匆匆离去。

阿翠悲愤地扑倒在床上痛哭着，床头柜上的小闹钟仍"嘀嗒嘀嗒"地走着……

36. 夜总会

演出已经开始了，几名时装模特正在表演。

可观众们非要听阿翠唱歌，众人将模特轰下台。林娜走上来解释着："各位嘉宾请原谅，阿翠小姐今天身体不舒服，等她……"

"我们不等！请阿翠上台……"

"对！我们就要听阿翠唱歌！"

"阿翠！阿翠！"

观众们有节奏地狂喊着……

林娜无奈地退下。

37. 宾馆

钱鸣心急如焚地劝着阿翠："观众们都在喊你的名字，他们非要听你唱歌，有的还是从很远的地方特意赶来的……"

阿翠平躺在床上，眼睛望着棚顶，脸上毫无表情，任钱鸣摇唇鼓舌，仍无动于衷。

钱鸣见状，顿时慌了手脚。他扑通一声跪在床前，乞求着并且扇起自己的嘴巴："无论如何，阿翠你得饶恕我这一回，我是太爱你了，我真该死！阿翠，我对天发誓，这辈子我甘愿做你的奴隶，请你相信我。阿翠，求求你了，你要不演出，咱们整个宾馆全砸了。不为别的，为咱这饭店的一百多名职工，为那些崇拜你的听众，你也得出场呀。"阿翠慢慢合上双眼，长长的睫毛下又流出两颗大大的泪珠……

38. 夜总会

人们的期待已达到顶点，嘈杂和喊叫在这演出场地内的空间翻起一片声浪……

邱童坐在观众席上，手中捧着鲜花，双眼焦虑地巡视着……

过了一会儿，林娜走上前兴奋地报告道 ：“诸位嘉宾，请安静，为了满足大家的要求，阿翠小姐带病上场，给诸君献上一首新歌。”

观众从怨念中清醒，立刻响起了热情的掌声。

阿翠穿着淡雅的服装走上来，施礼后，观众兴奋地喊着 ：“阿翠！阿翠——”

林娜忙问 ：“阿翠小姐，你今天为观众们演唱一首什么歌？”

阿翠缓缓抬起头来，一字一句地说 ：“《流泪的芭蕉叶》。”

音乐奏起，阿翠凄婉而伤心的歌声渐渐充满了大厅，冲出了装饰豪华的夜总会。这如泣如诉的歌声划破夜空的宁静。

泪水 ：流在阿翠的脸上……

微笑 ：挂在钱鸣的嘴角……

困惑 ：布满邱童的眉间……

39. 宾馆

次日。

邱童找到了阿翠的房间，他按着门铃，可是里面没有人应答。这时，宾馆小姐走来告诉他 ：“房间是空的，阿翠小姐已经走了。”

“知道她到哪儿去了吗？”

“不知道。”

40. 夜总会门前

夜。

邱童披着星光找到这里，他疾步迈上台阶，一个布告牌闯入眼帘，上面几个大字醒目地写着：“夜总会因故停演。”

邱童疑惑地走上前，用手摇晃着紧闭的大门，最后无奈和失望地离开……

41. 邱童居住的房间

邱童回到自己的房间，将上衣摔在沙发里，一头躺倒在床上。他不知阿翠为什么会突然失踪，突如其来的打击使他险些精神崩溃。

画面外传来了阿翠的歌声：《流泪的芭蕉叶》。

歌声渐隐后，响起了邱童的画外音：

“阿翠你在哪儿？你为什么要突然离开我？”

“钱经理为什么要去昆明，难道他把阿翠也领到昆明去了吗？”

“不行，我必须找到阿翠！”

想到这里，邱童立刻从床上蹦起来，他迅速地穿起上衣，背起挎包就朝门外走去。他刚刚拉开房间的门，写字台上的电话铃声骤然响起……

邱童急返回去抓起电话：“喂，对，我是邱童。”

（切入）一个女人的背影特写，女人缓缓地对电话里说道：

“邱先生，我知道你现在的心情，你对阿翠小姐的突然失踪困惑不解，也许会因此而痛苦。”

邱童追问：“你是谁？”

女人：“我是谁并不重要，出于对你的同情和理解，我可以告诉你阿翠现在的住址，如果你需要。”

邱童焦急地赶忙说道：“是的！我需要，不管你出于什么目的，我现在都要谢谢你，请你告诉我。”

女人：“我只说一遍，请你记住。白河区西莱路二栋六门221号房，钥匙就放在你房门前的地毯下！”

女人放下电话，缓缓地转过身来，我们才看清打电话的女人正是林娜。

42. 邱童房间门外

邱童打开门，果然在地毯下摸到了一把钥匙。

43. 阿翠房间

一把钥匙插入暗锁内，邱童小心翼翼地开着门锁。门被推开了，邱童猛然发现阿翠正准备上吊自杀。绳套的一端拴在离顶棚很近的钢管上，她表情木然地望着窗外，两只手紧紧地抓着绳套，双脚踩着一把椅子……

“阿翠——！”

邱童大叫一声冲过去，猛地抱住阿翠的身体，焦灼地呼喊着：

“阿翠！我是邱童！你这是干什么？阿翠——”

阿翠缓缓转过头，当她发现抱着自己的正是日夜思念的邱童时，一句话也没有说出来便昏过去，整个身体瘫软地倒下来。

邱童忙把阿翠抱放在床上，焦虑而担心地喊着：“阿翠，阿翠——”

阿翠终于睁开眼睛苏醒过来，她“哇”的一声哭起来，扑在邱童的怀里哭诉着：“你怎么才来呀，你怎么……”

一肚子委屈和痛苦的阿翠仰起脸，泪流满面地责问：

“你为什么救我？为什么不让我去死？我……我已经是被风雨折断了的芭蕉。”

邱童似乎明白了所发生的一切，他把怒火埋在心里，极力平静自己的情绪，安慰着对方说：“阿翠，不要钻死胡同，外面的世界很大，下决心跟我走吧！”

阿翠抬起迷茫的双眼，怀疑地反问着：“邱大哥，你，你还能要我吗？”

“要，永远要你！”

“可我的身体已经不干净了。”

“我不在乎，我要的是你那颗金子般的心！”

“真的？”

邱童没有回答，而是俯下身轻轻地吻着阿翠那张近乎干裂的嘴唇，一股暖流像电一样使阿翠周身震颤，她的青春和爱的热情似乎被唤醒了。她猛地紧紧拥抱着邱童，两人真诚而炽热地拥吻着……

阿翠从激情中猛醒过来，她一把将邱童推开，邱童忙不解地问：“阿翠你？”

阿翠疑惑地追问：“你怎么知道我住在这儿？是谁给你的钥匙？”

邱童一言难尽：“这？怎么跟你说呢？”

阿翠担忧或者有些惊恐地跳下床催促着：“快，赶快离开这儿，不管你把我带到哪里，只要离开这个鬼地方就好！”

“好！咱们走。”

邱童拉着阿翠朝房门走去。门刚刚打开，邱童就惊愕地愣在门里，阿翠充满希望的双眸顿时失去了光泽。

唐阿桂和林娜站在门外，严厉的目光直视着他们。

唐阿桂和林娜走进房间，门又被锁上了。

唐阿桂讥讽地说：“真想不到，钱老板白白金屋藏娇，引来一个小白脸！”

“老板娘你……”

唐阿桂打断了阿翠的话，接着说：

“甭多说了，老娘比你更清楚是怎么回事。嘿嘿，要是换个个儿，我还要感谢你俩相好呢！”

一阵急促的敲门声打断了唐阿桂的话，显然门外人用钥匙打不开门锁才敲着房间的门。只听外面的人轻轻地叫着：“阿翠小姐，阿翠小姐快开门，我是钱鸣啊！”

房间里的人顿时哑口无言。突然邱童欲冲过去，但被阿翠拖住。这时，唐阿桂与林娜耳语片刻，接着示意阿翠去开门，她与林娜躲入里间。

邱童拦住阿翠，他走过去打开门锁。

“啊亲爱的……”钱鸣正欲拥抱，才发现开门人是邱童，他不禁一愣，脸色顿时恢复了往日的严肃，一脸凶气。他瞥了一眼坐在沙发上的阿翠，似乎明白了这里发生的一切，冷言冷语道：“想不到邱先生在这里，你对我的雇员是不是表现出了过多的关心呀？”

邱童走到阿翠的身旁，抱臂站着，目光中溢满了仇恨的怒火，说道：“这要问你，钱老板！”

钱鸣点着一支香烟，吸了一口后不紧不慢地说：

“我早就料到你我迟早会见面的！邱先生，恕我钱鸣直言，正是你的多情，诱惑了我们明珠夜总会的著名红歌星阿翠小姐，不但使她精神恍惚，而且迫使我们夜总会停业达三天之久，损失多少你自己也能算清楚，这笔账我就不跟你计较了。不过，我有一个要求，请邱先生你迅速离开这里，离开这座城市。你如果肯答应这个条件，咱们就算摆平了。怎么样？”

邱童冷笑着说：“我是要走的，这个到处散发着霉臭的地方我丝毫不感兴趣！不过要走的不是我一个人，我要和阿翠一起走！”

钱鸣一阵冷笑：“嘿嘿……年轻人，你有什么资格将阿翠小姐带走呢？”

“噢！对不起，忘给你介绍了，阿翠小姐已答应做我的未婚妻了，难道还有比这更好的资格吗？”

钱鸣弹掉长长的烟灰，口气干脆地回答：“好！我欣赏你这男子汉的风度，更欣赏你们之间突飞猛进的恋情，不过交情是交情，生意是生意，阿翠小姐跟我们是有合同的，这违约金……”

“直说，你要多少？”

“痛快，亲兄弟明算账，邱先生那我就不客气啦！”

套房内，唐阿桂和林娜伏在门板上偷听着外面的对话……

钱鸣慢条斯理地算着：“这样几项加在一起，我再给你打八折优惠，不多不少 25 万元。”

阿翠听后恼怒地责问：“你，你这个无赖、流氓！”说完便欲冲过去拼命，被邱童拦住。

邱童一步步朝钱鸣走过去……

钱鸣微笑着从沙发里站起来……

邱童问：“钱老板，刚才我没听清，请您再重复一遍？”

“25 万元一分不少，你把钱放在这儿，现在就可以带阿翠小姐走！”

“怪不得你姓钱！”

邱童说完，“啪”的一个耳光打在钱鸣的脸上。

钱鸣动也没动，脸上仍挂着微笑。

邱童扭过头对阿翠说：“阿翠，咱们走！”

钱鸣没有阻拦，又坐回到沙发里只顾吸烟，吐着丝丝烟雾。

门开了，四个凶神恶煞的大汉站在门外，其中一个一把将邱童抓住欲打……

坐在沙发上的钱鸣不紧不慢地命令着：“住手！不许伤害邱先生。你们亲自送邱先生上火车，陪他一程，请他尽早离开这座不欢迎他的城市！”

邱童被四名大汉簇架着离开这里，门又被关上了，传来邱童的喊声：“阿翠——”

阿翠焦急地哭喊着：“邱哥！邱哥——！”

钱鸣拦腰抱住欲冲出去的阿翠，甜言蜜语地说：“阿翠，我怎么舍得你为了一个臭画画的离开我呢？你看我在昆明给你买的！”

他掏出一个首饰盒，拿出一根金光闪闪的鸡心项链，轻声柔语地表白着：“只要你答应做我的太太，我立马就把家里那位黄脸婆给打发了！”

“好哇！多么精彩的求婚！我做你们的证婚人怎么样？！”

早就听不下去的唐阿桂鼓着掌走出来，她上前一把将项链抢在手里反问道：“臭不要脸的，你打算啥时候把我打发了呀？嗯！你倒是说话呀？！”

“啪！”唐阿桂抡起巴掌打在了钱鸣的脸上。

气急败坏的钱鸣怒火中烧地咆哮着：“你你……谁领你到这儿来的？！”

唐阿桂坐在阿翠身旁搂着她说：“我不但要来，我还要陪着你的新娘在这儿住。钱老板啥时候洞房花烛夜，你不用撵，我会自动离开，自动让位的！”

钱鸣语塞，忽然，他发现林娜从套间里走出来，顿时明白了。他怒骂着：“哼！是你！”

“我也没想到有人吃着锅里望着盆里！”林娜反唇相讥，顶了一句。

“姓林的，你居然不想烧香，反而拆庙，那就另谋高就吧！”

林娜似乎早有准备，并不觉突然，她淡淡一笑，扭头便朝门外走去。

“败家娘们儿！”

也不知钱鸣这话是骂林娜还是骂别人，唐阿桂腾地站起来，不甘示弱地反问道：“你骂谁？是谁败你的家啦？！今儿个你给我说清楚！”

“少他妈啰唆！回去再跟你算账！”

钱鸣转过身，以严肃命令的语气对一直低头哭泣的阿翠吩咐着：“今晚正常演出，我不能尽养些光吃饭不干活的人。阿翠你回去准备一下！”

44．夜总会

生活又回到老样子，阿翠每天都要演唱，观众依旧那样热情地吹捧她……

45．阿翠房间

上午。

阿翠在睡觉。

还是那把钥匙，又打开了房间门，钱鸣一副淫相地溜进来，恶狼似的扑上去，捂住惊醒的阿翠正欲喊叫的嘴……

46．楼外

雨水敲打着玻璃窗。

楼下的几棵芭蕉树在雨中挣扎，大颗大颗的雨珠从芭蕉叶上滚落下来……

47．卫生间

阿翠演出下场后便捂着嘴直奔卫生间，她不住地呕吐，引起了从卫生间走出来的唐阿桂的注意……

48. 医院

唐阿桂把化验单交给坐在走廊长椅上的阿翠，说："恭喜你了！"

"恭喜我了？"

"你怀孕了！"

"啊？！"

阿翠顿觉天地在旋转，手中的化验单掉在地上，欲哭无泪。唐阿桂拾起化验单追问：

"爱的结果也有了，是不是该通知种花人一块儿庆贺庆贺？！"

"不——！我不要，我不要！老板娘请你帮帮我！"

阿翠拽住唐阿桂的双臂，绝望地乞求着。

唐阿桂的脸上露出一丝不易察觉的微笑……

49. 紫罗山口

阿青和林娜并排骑着马朝山口走来，林娜叮嘱她："阿青，记住了吗？就照我们合计的办！"

"记住了，我把山上的活安排一下就动身！"

"那好，到城里你可以先来找我。"

"行！"

"那我走啦！"

林娜扬起马鞭飞快地朝山口奔去……

阿青望着林娜远去的背影，突然调转马头朝佤寨奔去……

耳边似乎又听到阿翠那动人的山歌声飘荡在郁郁葱葱的竹林和山谷之中……

50. 经理办公室

钱鸣和几个领班正在挑选时装表演的女演员。

身着时装的姑娘们在办公室内表演着，钱鸣感觉不尽如人意地挑着毛病。

“哎哎——停，停，胸挺起来，脸上要略带微笑，别哭丧着脸，这是时装表演，观众不看送葬！真笨！重来！音乐！”

录音机又响起欢快的旋律，撞击着房间的墙壁。四位姑娘重新开始表演……

这时，唐阿桂走进来，不阴不阳地走到钱鸣身后悄声说了句什么。钱鸣有些不耐烦地跟着唐阿桂走到墙角催促道：“你没看我忙着吗？啥事快说！”

“阿翠怀孕啦！”

“什么？”

唐阿桂掏出医院证明递过去。

钱鸣看后按捺不住心中的喜悦，他把证明揣到兜里，转过身对时装演员们喊了一声：

“还愣着干什么？都合格了，今晚就在歌厅演出，都走吧！”

四位姑娘高兴地跑出去，领班也跟着离开。

钱鸣试探地问：“阿桂，你说这孩子是不是那个画画的留下的？”

阿桂压住内心的怒气骂着：“谁知是哪个浑驴的！”

钱鸣不好发火，又问：“那你说咋办？”

“咋办？得让阿翠顺顺当当地生下来，要不闹出人命你兜得起吗？！”

此话正合钱鸣的心思，他忙说：“有道理，有道理，这事就由你安排吧。”

“阿翠这几天反应挺厉害，先休息几天别演出……”

“行，让别人顶几天。”

“那我去安排了。”

唐阿桂转身后诡秘地得意地一笑，走出了办公室。

钱鸣高兴得浑身发热，兴奋地叫道：

“我又要当爸爸了，我又要有一个小歌星啦！”

他自斟一杯白兰地，对着镜子对自己祝福着：“为 21 世纪大歌星的诞生干杯！”一口将酒灌进肚子里。

这时，傻小子钱柱突然推门走进来。他把手中纸叠的小飞机一掷，小飞机在办公室内滑行着，钱柱嚷着：“爸爸玩飞机！”

也许是心情好的缘故，钱鸣高兴地满口答应：“好，爸爸跟你玩儿！”

父子俩一人一头，在办公室里掷着、追逐着、嬉笑着……

忽然，钱鸣发现了什么，他夺过儿子手中的纸飞机端详着，果断地将飞机拆开摊平后仔细地看着，脸色涨得通红，咬着牙念道：

“人工流产？”

他又想起来了什么，忙掏出装在口袋里的证明怒冲冲地说：

“怀孕、流产、怀孕、流产！”

他两眼冒火般地盯着医院的证明问：“柱子，说你从哪拿的这张纸？说啊！”

钱柱并不害怕地回答：“从妈的皮包里……”

“这个臭婆娘，我……我操她八辈祖宗！”

钱鸣气得浑身发抖……

钱鸣的脸都变了形……

（定格）

（第三集完）

第四集
[片头同第一集]

51. 阿翠房间

阿翠躺在床上睡着了，并且做了一个甜甜的梦……

(梦境)

(慢动作)

草原上，邱童向阿翠缓缓跑来，阿翠也向邱童缓缓跑去……

画外音：

"邱哥——"

"阿翠——"

两个人拥抱在一起……

逆光中，两个人拉着手在美丽的草原上旋转着……

两个人渐渐靠近，当他们正欲接吻时，钱鸣突然出现，举着大棒子打下来，一下子使他们分开。这突如其来的打击使阿翠从梦中惊醒，当她惊恐地睁开双眼时，只见钱鸣和领班正站在床前瞪着眼。阿翠又把双眼闭上。

只听钱鸣命令式地说：

"阿翠，我想告诉你，我这里不是疗养院，更不是慈善机构。明白吗？这是企业，靠创效益求生存的企业。明天你就正式上班，除了晚上演出，白天还要去后厨干活！领班，阿翠就交给你了，工作由你安排，上下班要有专人接送，明白吗？！"

站在门口的领班点头答应着："明白了！"

当阿翠再睁开双眼时，屋内只剩下她自己，泪水缓缓流出眼窝……

52. 餐厅厨房

依旧是堆积如山的碗盘，阿翠埋头认真地洗着、刷着，她不时紧皱着眉头，用拳头敲打着酸疼的后背，一颗颗豆大的汗珠渗出额头。

女工们三五成堆地指着阿翠咬着耳朵……

53. 阿翠住的房间

筋疲力尽的阿翠躺在床上休息，电话铃声骤响，她吃力地拿起放在床头柜上的电话：

“喂……”

“阿翠小姐，如果你答应我，再为我生个像你一样漂亮的小歌星，我就不让你的小手整天泡在洗碗池里。”

电话里传来钱鸣的奸笑声。

阿翠气愤地骂道：“做梦！”

她“啪”的一声扔下电话，将毛巾被盖在自己的脸上！

电话铃声又响了起来，阿翠抓起枕头压在电话机上。

铃声渐小，但很顽强也很固执。

阿翠气愤地掀开枕头，抓起电话就喊：“做梦做梦！你说出花来我也不会让你得逞！”

阿翠正欲撂下电话，听筒里传来一个女人的声音：“阿翠，你听我说，今天我送你一包东西，看了以后你应该明白我为什么送你！”

对方将电话放下了。

阿翠放下电话，目光在寻找，果然，她在桌下发现了一个口袋。阿翠从口袋里拿出一套黑色衣裤，还有一顶黑色礼帽。她穿上后对着镜子照了照，无意中把手伸到上衣口袋里发现有一张纸条，摊开后见上面只有一个字——“逃”！

她忙把纸条撕碎，内心矛盾地在室内踱步，此刻她才明白是为了方便她逃跑才送她这身衣服。这人是谁呢？

54. 咖啡厅

钱鸣与林娜一边喝着咖啡一边谈着什么，优美的古典音乐轻轻地飘来，可从他们的表情和现场的气氛看，他俩显然话不投机。

钱鸣一副得意和神气的样子：“过去的就让它过去，我这个人从不愿重温历史！”

55. 阿翠的房间

阿翠从口袋里掏出一条绳子，她果断地推开房间窗户，将长长的绳子从窗户上扔下去……

56. 咖啡厅

林娜争取着最后一线希望，语气中略含指责，提醒对方道：“难道你的海誓山盟就一文不值吗？！”

“哈哈……对于我们男人来说，这是讨好女人的一种手段。”

“喜新厌旧的恶棍！”

“喜新我不否认，可不厌旧这一点太难了！”

57. 阿翠房间外

阿翠抓着绳子，从窗户外一点点爬下去……

58. 咖啡厅

林娜冷笑道："你别太得意了，有你钱老板后悔的那一天！"

钱鸣哈哈大笑后自信地说：

"在我钱鸣的词典里，从来就没有'后悔'两个字！"

他的话刚说完，放在桌上的大哥大便响起。傲慢的钱鸣接起电话，忽然脸色突变，紧张地责问道："什么，阿翠逃跑了？还不赶快给我追！"

钱鸣朝门外跑去。

林娜露出得意的微笑，她端起咖啡，悠闲地呷了一口后自语道："但愿我送你的衣服能帮你的忙！"

她的目光十分复杂而幽深……

59. 地下室

东方的朝霞挤过地下室那唯一的一扇小小的窗户，柔和的阳光照亮了阿翠昼夜未眠的疲劳的脸。

门开了。

领班进来平平淡淡地说：

"阿翠小姐，实在不好意思，钱老板叫我请你去，去帮着卸车。"

阿翠毫无表情地望着对方……

60. 仓库门外

一辆解放牌汽车停在仓库门前，车上装着成袋的大米、蔬菜和十几箱啤酒。

男工、女工都在忙着卸车，进进出出……

司机站在车旁催促着："快点卸，今天我还要跑趟长途呢，快点！"

站在车厢上的两个男人见阿翠走过来，其中一个男人嬉皮笑脸地嚷着："哧！大歌星来啦，哎，照顾照顾，来扛袋轻的！"

两人交换一下眼神后将装有近百斤大米的麻袋抬起来，阿翠一脸难色，正在犹豫的时候，领班便站在身后命令地喊着："阿翠，还愣着干什么，快点扛进去呀？！"

阿翠把围裙搭在肩上，咬咬牙走上前去，一百来斤的大米袋子压得她双腿发颤，她一步三晃，步履蹒跚……

阿翠感觉天地都在旋转，双眼一黑便昏倒过去……

人们急忙围拢过来，阿兰和阿蕉冲过去将阿翠抱在怀里呼叫着："阿翠，阿翠……"

一辆的士驰来，一个急刹车停在人群外。阿青从车里跳出来，他分开众人挤到里面："阿翠……阿翠……是我，你睁开眼看看，我是你阿青哥呀！"

阿青将阿翠搂在怀里焦急地呼唤着……

"看什么，看什么？都干活去！"领班一面吆喝一面对钱鸣示意。

众人让出一条路来。阿青见到钱鸣，将阿翠交给女工，他腾地站起来一把揪住钱鸣的衣领，两眼喷火似的逼视着对方。

"你……你想干什么？"钱鸣胆怯地反问。

阿青猛地一拳将钱鸣打倒在地！

钱鸣挣扎着站起来欲反抗，阿青抽出腰刀，钱鸣胆怯地问：

“你……你想干什么？”

“干什么？我要把阿翠领回去！”

“领走？好哇，你这山野村夫付得起钱吗？！”

“要多少？说话！”

“嘿！好大的口气，要多了是欺负你这乡巴佬，你立即拿出5万块，现在就可以把人领走！”

众人担心地望着阿青。

阿青轻蔑地一笑，利落地从腰上解下一个腰包，从里面拿出几捆人民币，他一捆捆边数边扔在钱鸣的怀里：

“一万、二万、三万、四万、五万。够了吧？！”

钱鸣顿感意外，望着怀里这一堆钱，想说什么又没说出来，半张着惊诧的嘴。

阿青弯腰抱起阿翠，走到钱鸣面前警告道：“钱老板，你价是不是开低了？我给你准备了25万元。告诉你，如果阿翠有个三长两短，我绝不饶你！”

这时，林娜从车里走出来，站在车门前喊了一声：“阿青快上车！”

众人把目光都移到她的身上。

阿青抱着阿翠走进车里，林娜对司机嘱咐了几句，轿车便飞快地驰出大院……

钱鸣气怒地瞪着林娜，从牙缝里挤出三个字：“又是你！”

林娜面带笑容地朝着钱鸣点点头，然后迈着悠闲的步子走出去……

61. 紫罗山

美丽的紫罗山依旧那样俊俏，依旧那样多情，依旧那样真诚地欢迎大山的好儿郎归来。

鸟儿欢唱，溪水欢歌。

翠竹葱绿，山花妖娆。

阿青领着阿翠回到阔别多年的家乡。紫罗山下，阿翠欣喜的心情难以言表，这里的一切都勾起她对过去时光无尽的眷恋。

看到阿翠欢喜的样子，阿青高兴极了，话也多了起来："哎，阿翠你不是问我靠鸡蛋和家织布换油盐的佤家人，怎么会一下子有那么多钱？我告诉你这都是它给的！"

阿青用手往山那边一指。

阿翠疑惑地望着葱绿的大山，又把目光转回来，想在阿青的脸上寻找答案。

"你知道吗？紫罗山真是一座宝山，就连十几岁的阿娃每天挖几筐石头也能挣几百块呢。"

"是矿石？"

"对，叫锡矿，是去年在山西坡面发现的。现在全寨子的老老少少都上山挖矿石，家家都富得流油啊！"

"是吗？"

"是的！"

"那你带我去看看。"

阿青点点头，拉着阿翠就往西山走去。

62. 西山坡

西山坡上是一片被采掘得满目疮痍的矿硐。那些各自为政的采矿人群中有佤族人，有汉族人，也有几个缅甸人。

车来人往，一片嘈杂，不时有人在骂骂咧咧。

一个矿硐前，两个佤族人揪住一位猴脸汉人责问着：

“你，你上次不是说一吨 250 元吗？怎么一下子降到了 170 元了？！”

猴脸掰开佤族汉子的手，毫不讲情面地回答道：“你们这些野山耗子懂不懂市场经济？眼下美国佬已经跟俄罗斯人握手和好，用不着军备竞赛了，这锡矿的价日落西山。要不是我费尽心机出生入死从缅甸佬那儿重开新路，你们这些破石头谁要？！”

另一位佤族汉子哭丧着脸说：“照这么说，我们这三个月又是白干一场了？”

“这叫冷战时期。”

猴脸阴阳怪气地说完，随后朝佤族人扔过去两叠钱，一脚登上辆装满矿石的汽车，向前后几辆满载矿石的车的司机一挥手，命令道：“开路！”

在汽车开动的那一瞬间，阿翠忽然瞅见猴脸是个见过面的人。阿翠猛然想起来：“是他！”

（闪回）

有一天，她在明珠饭店演出刚刚结束回房，因为太疲乏，她走错了房间，门被推开时，阿翠看到唐阿桂和猴脸正在调情……

（闪回完）

阿翠忙问：“阿青，那个刚才开车走的人是谁？”

“一个专门吸咱佤家兄弟血汗的矿贩子。我们佤寨人没有文化又见识少，只会出苦力凿矿硐，卖矿石的钱大部分给矿贩子榨去了，这笔账大伙心里都明白，可又没法子。”

阿翠不解地问：“咱不会自己卖？”

阿青摇摇头说：“你不是不知道，咱佤寨人里再彪悍的汉子，出了这座山还不是像两眼一抹黑的熊瞎子！”

（闪回）

阿翠在明珠饭店餐厅里收拾残席，一段谈话飘过来：

“我说哥们儿，这趟你可发了，五车石头卖了整整三万块，可你给佤寨傻子才两千元！”

“紫罗山出宝，可也出一帮傻狍子！哈哈……”瘦猴得意地大笑……

(闪回完)

阿翠若有所思地继续跟着阿青朝另一个矿井走去。

那矿井里面除了几盏煤油灯在惨淡地晃动外，异常阴暗潮湿。

三男两女的一家佤寨人正在抢挖和拉运矿石，一个只有十四五岁的男娃正拐着腿艰辛地背着一筐矿石朝硐口走去。

阿翠见后忙过去帮忙，小男娃认出了阿翠，可怜巴巴地叫了声：“阿翠姐，是你回来啦？”

阿翠点点头，眼含着泪花问：“你的腿怎么了？”

男娃低下头。

阿青代为答道：“是年初挖矿时被另一家砸残的。”

“又是外寨人？”阿翠不由得怒气满腔。

“不，是我们本寨人。”

阿翠怀疑地问：“那怎么会呢？”

“唉，山里人穷绝了，如今大伙都知道石头能变钱，你挖我挖，各顾各，我富了就不管你家的死活。还有比这更惨的呢！寨东的老根巴家去年为了跟人夺一块富矿地，一家四口就剩下老根巴自己这个孤单单的老阿爸了。”

“就没人领头出来管管？啊，阿青，咱们佤寨就算你最壮实最正直了，你为什么不站出来带着大伙公公正正、平平安安地干呢？”

阿青颇有难言之隐地摇摇头。

“我是想的，可咱佤寨人自古以来只拥戴尽善尽美的女寨主！难有一个顶天立地的汉子让人俯首听命。”

阿青说完便颇有心思地目视眼前仙女般的阿翠。

“阿青哥，你别这样看我。”

阿翠显得很不自在。

阿青收敛痴情的目光，认真地说：“阿翠，从小你就是咱们全寨人为之骄傲的百灵，你的一个笑容、一段歌声会征服整个山寨。我想你要是站出来，大伙准听你的。对，阿翠，就你能做咱们的女寨主、女酋长！”

阿青说完，立刻跪在阿翠的面前……

“阿翠，你当吧！”

“当吧！当吧！”

此刻的场面，已经换成了全寨男男女女、老老少少一起跪在地上乞求阿翠了。

只有竹火在燃烧，只有芭蕉树在晃摇。

阿翠激动的脸，她扫视着跪地俯首的“臣民”，两眼噙着泪花。

一位年长者给阿翠戴上一尊象征女酋长威严的礼帽。

年长者双手合十说道：“听顺天主，听顺女主！”

众人也跟着齐声颂道：“听顺天主，听顺女主！”

阿翠被几位佤族小姐扶到一张特殊的椅子上。

顿时，篝火四起，鼓乐齐鸣，佤寨人在草坪上边歌边舞！

欢快的庆典舞……

阿翠激动的神情；

众人欢快地歌舞；

阿翠庄严的神情；

阿青与众男人的刀剑舞；

几位老阿奴喜悦地交谈；

阿翠低头忧郁的神思。

阿青发觉后，走到她身边轻声问道：“阿翠，是不是想阿妈了？”

阿翠点点头，叹口气，悲伤地说：

“是的，阿妈去世快一年了，临终时我都没在身边，我……”她有些呜咽，说不下去了。

阿青安慰道：“过几天你有空，我领你去看看阿妈的坟……”

阿翠感谢地点点头，深情地说：“阿青哥，你真是我的好哥哥！”

听到这句感激的话，阿青高兴地蹦到场地中央，欢快地跳起舞来……

皎洁的圆圆的月亮高高地悬挂在夜空中，与草坪上的篝火交相辉映……

63. 采矿场

寨民们站在矿硐前的山坡上，阿翠在分配着工作，人们都热心地按她的要求去做……

64. 阿翠家的竹楼

一个写有“紫罗山锡矿联合公司”的大木牌挂在阿翠家的竹楼上。

院内的竹桌前围着许多从外地来买矿石的人，阿翠与一个伲族姑娘在与买矿石的人讨价还价……

65. 紫罗山瀑布

字幕：两年后。

阿翠不止一次来过这个地方，今天她又一次遥望着奔泻的瀑布，又一次倾听着瀑布的喧嚣声，谁也不知道此刻她在想什么……

阿青急匆匆地赶来，站在她的身旁问："阿翠，你找我有啥事？"

阿翠沉默着没有马上回答，过了一会儿，好像是下了决心，缓缓地转过身，语气出奇平静地吩咐着："阿青哥，在这里你是我最信任和最亲近的人，我有一个心愿，只有你才能帮我了却。"

"什么事你尽管说！"

"这两年我们攒了多少钱大概你并不完全清楚，我可以告诉你，足可以在城里买几栋大楼的！"

阿青不为所动，仍在追问：

"你想让我干什么？"

"我想让你到城里去。"

"卖矿石？"

"不！去筹建或去买一个大酒楼！"

"去城里建酒楼？"

"是的！"

"我哪行啊？"

"你可以找林娜大姐帮忙。"

"嗯！我知道了。"

"我也会常去城里的。"

"这我心里还有点底。"

"不过有一点一定要记住，酒楼一定要建在明珠饭店对面！"

"明珠饭店对面？阿翠你这是？"

阿翠下决心地一字一顿地说："宁可饭店赔钱，也要干到底！"

阿翠冷峻的脸。

66. 紫罗兰大酒店

鞭炮声震耳欲聋。

锣鼓喧天。

新开业的紫罗兰大酒店的台阶两侧摆满了大花篮。

参加开业典礼的来宾们鼓掌祝贺。副总经理林娜打扮得格外漂亮，她即兴发表致辞："各位嘉宾，感谢你们在百忙之中参加我们紫罗兰大酒店的开业典礼！我代表咱们的董事长也就是总经理真诚地欢迎你们的光临！下面请大家进入餐会厅，请——诸位请吧！"

人们在迎宾小姐的微笑中纷纷步入大楼……

对面的明珠饭店在新建的大酒店面前显得矮小。

此刻，钱鸣和唐桂花还有许多服务小姐等人挤在饭店门前观望着，脸上呈现出不同的神情……

这时，饭店的音箱放出的动听的乐曲结束了，一位声音甜润的小姐在宣布一条消息："各位朋友，你们好，我们紫罗兰大酒店为感谢各方朋友的热情支持和关照，决定凡在本酒店就餐、住宿及有其他消费的朋友，从即日起一个月内优惠20%……"

听到这条广播，钱鸣的眉头越皱越紧，他脸色阴沉沉的，气怒地叱责道："都给我进去，有什么好看的啊！"

雇员们都乖乖地跟在他的身后走回明珠酒店。

67. 明珠酒店

门前空空荡荡。

酒店内空空荡荡，没有就餐的食客。

服务小姐们站在窗前闲聊。

这一切都被收在钱鸣的视线里，他心里不是个滋味。

他又来到后厨，只见厨师们围坐在面案上玩着扑克牌，丝毫也不顾忌老板的到来，其中一位厨师还故意悄声说："哎，听说对面一个月给3000块……"

钱鸣只好装作听不见看不着的样子，返身离开这里……

68. 经理办公室

钱鸣气急败坏地走回自己的办公室，大喊了一声："来人！"

领班应声跑来忙问："老板，啥事呀？"

"你想办法了解一下对面酒店的背景！"

领班为难地说："这？就怕林小姐不肯说呀。"

"她，由我来对付！"

69. 紫罗兰大酒店

钱鸣第一次走进这座装修高雅的大酒店，选了一个视野开阔的角落坐下。

服务小姐和蔼地问："先生用点什么？"

"啊，来杯咖啡，不，还是来杯加冰块的矿泉水。"

"好的，请您稍等！"

"请等等！"

钱鸣忙叫住欲走的服务小姐。

"请拿我的名片送给林娜副总经理，就说我想请她谈谈！"

小姐接过名片点点头：

"好的，我马上去。"

70. 总经理办公室

林娜将名片放在写字台上，阿翠坐在转椅中用目光扫了一眼，又抬起头瞧着林娜和阿青，没有言语。

阿青沉不住气问：“阿翠，没工夫跟他磨嘴皮子，干脆……”

“不，林小姐，你去见他！”说着，她抓起名片在手中捏成团扔在墙角的纸篓里，“告诉姓钱的，啥事都得董事会决定，任何人无权更改！”

林娜心领神会地点点头：“我明白！”

71. 紫罗兰大酒店

钱鸣显得有点沉不住气，不时地看着手表，这时，林娜走过来：“哎哟，钱大经理今日怎么得闲光顾小店？有失远迎，抱歉抱歉！”

“感谢林副总经理能在百忙之中接待我钱鸣，我实在是受宠若惊！”

“您太过谦了，由于您的到来，我们紫罗兰大酒店顿时蓬荜生辉！为了使您尽兴，用不用我陪您参观，请您指导？”

“不不，贵店在我们偌大个城里堪称一流，世人皆知！今天我来找你有一事相商……”

“钱经理不妨直说，只要我林娜能办到的一定尽力！”

“众所周知，林娜小姐在此酒楼荣任副总经理，冒昧地请教一下，你为之效力的总经理是何方人士？尊姓大名？！”

林娜点上一支香烟，面带微笑，语气缓缓地回答对方的提问：“在我受聘为副总经理的合同书上有一条明确写道：在任何时候、任何地点，对任何人都不能说出总经理的名字及其他有关总经理身世的任何情况。实在对不起，我只能履行诺言，遵守合同条款。我这个回答也许会令你失望，但各保其主，实出无奈，只好请钱经理海涵了！”

钱鸣碰了一个软钉子，他有些沉不住气地诘问道：“可贵酒店

20% 的优惠长达一个月，是否太长了点儿？客人被你们抢走了，你们吃肉，我们总得分点汤喝呀？！”

“这是董事会的决定，我们这些具体的工作人员只有执行的职责，没有更改的自由！这点常识你不会不懂吧？！”

钱鸣气恼地站起来，有点威胁地对对方厉声说：“这么说你们是不肯高抬贵手啦？！我提醒你们，鹿死谁手胜负未定，咱们走着瞧！！”

钱鸣满脸怒气，脸几乎变了形……

（定格）

（第四集完）

第五集

[片头同第一集]

72. 明珠酒店

夜。

包厢里。

钱鸣站起来，举着酒杯提议他宴请的各路亲朋挚友干杯："来来，诸位都举起来再干下这第三杯！"

一位来宾拦住钱鸣问："哎，钱经理你把我们大伙请来到底有啥事？就直说吧！"

另一位插话："是啊，等我们都钻桌子底下你再说，那可啥用也不顶啦！"

众人七嘴八舌地赞同……

钱鸣环视了一下后严肃而有些请求地说出原委："今天我请诸位来只有一件事相求，自从对面酒店开张以后，大家也知道我们饭店的近况，我要与紫罗兰大酒店决一雌雄，求大家帮我筹集点款子，我要把明珠饭店重新装修一下，添点新的设备，让它变成我们市里真正的明珠！"

"需要多少？"

"500 万元！"

"利息怎么算？"

"当然要高于银行！"

"如果你还不上怎么办？"

"是啊，500 万元可不是小数目，总得让我们心里有个底呀。"

“我知道诸位的资金也是多年苦心经营的血汗钱，如果我还不上大家的款子，我可以将这里的一切作为抵押！”

“包括这座楼吗？”

“当然！”

来宾们对视一下，便都举起酒杯：

“好，钱经理，我们一言为定，明天就可以签合同！”

钱鸣高兴地说：“好！谢谢大家，我钱某先干为敬！”

众人：“好，干——！”

73. 竹楼

次日。

阿翠家。

阿翠坐在竹椅中打电话：“林小姐，你不说我也会猜到，姓钱的放了不少鞭炮吧。你告诉公关部让他们到电视台、报社连做一个月广告，从即日起，紫罗兰大酒店一律优惠 30%！当然这是最后一搏！他没几天挺头啦！就这么办，好，再见！”

阿翠关掉手提电话，陷入沉思之中……

74. 经理办公室

字幕：一年后。

钱鸣语气发软地对着电话解释：“李老板，不是兄弟有钱不还，实在是……”

对方表现出强烈的不满，毅然将电话挂断。

钱鸣心乱如麻地瘫坐在椅子上，领班急匆匆地走进来报告着：“钱老板，债主们全来了，在会客厅里等你……”

钱鸣气急败坏地喊着："去告诉他们，只要我钱鸣不死，一定会还他们钱的！"

电话又响起来，钱鸣示意领班接电话："喂，是乔总经理呀，什么？咱们钱经理他……"

钱鸣抢过电话便嚷着："我钱鸣不会逃跑的，你放心，就是我跑了，明珠大酒楼也不会长腿的！"他摔掉电话后对领班命令着，"你一定想办法让我和紫罗兰大酒店的总经理见一面！"

领班疑惑地反问："紫罗兰大酒店的总经理到底是谁呀？！"

"他妈的，这位神秘的总经理对我们太了解了，我感觉他的那双眼睛无处不在盯着我！我非要会会他，问问为啥非跟我过不去！"

75. 明珠夜总会

夜总会正在演出……

钱鸣身旁的贵宾席的座位一直空着，隔着这个贵宾座席坐着的是林娜，周围坐着钱鸣的主要工作人员。钱鸣不安地扭过头侧着身问："林娜小姐，你们的董事长为什么还不露面？"

林娜淡淡地一笑："我们的董事长兼总经理从来不会言而无信的，肯定会来的，说不定已经来了！"

钱鸣信以为真，扭动着身体四处张望寻觅着……

一位身披黑斗篷、披着长发的女歌星走上舞台开始演唱，熟悉的歌声回响在大厅里——《流泪的芭蕉叶》。

人们深深为这深情而悲伤的歌声所吸引，钱鸣觉得这歌声很熟悉但演唱者却很陌生……

歌声渐渐推向了高潮，忽然，歌声戛然而止，人们莫名其妙地望着歌星一步步朝台下走来……

歌星在离钱鸣几步之遥的地方停下了脚步，注视着钱鸣。

钱鸣觉得歌星有点熟悉，从整个轮廓来看好像一个人，但又好像不是。

歌星慢慢地摘掉金黄色的发套，解开长长的黑色斗篷……

钱鸣顿时惊呆了，面前站着的正是穿着佤族筒裙的阿翠，和几年前在佤寨见到的阿翠一样。他莫名其妙地问："是你？"

阿翠平静中透着威严地回答："是的！"

钱鸣不悦，又不好在众人面前失去风度，回头问领班："我好像记得在我的邀请名单里并没有阿翠小姐的芳名？！"

阿翠仍不露声色地说："这么说我是没被邀请的客人，只好离开了？"

"我很欣赏你的自觉！"

"好吧。不过，如果我现在离开，那你钱老板今天的一切努力就得前功尽弃了？！"

"什么意思？"

"钱老板居然不欢迎我，只好再见了，咱们走！"

林娜等人都站起来欲走，钱鸣见状忙拦住："哎哎，别走哇，董事长还没到呢！"

林娜指着阿翠介绍说："钱经理，这就是我们的董事长兼总经理！"

钱鸣惊诧地说："啊？"

阿翠冷冷地反问："钱经理，咱们还用谈吗？你的一切困惑和不解就在这首歌里寻找答案吧！"

阿翠离开歌厅。

歌厅里响起《流泪的芭蕉叶》这首歌的录音。

钱鸣呆若木鸡。

歌声在大厅中回荡，如泣如诉，低婉苍凉，宛如在讲述一段悲伤的往事。

76. 明珠饭店

餐厅的一处角落。

钱鸣自己抱着酒瓶喝着闷酒。

法官的画外音："从今天起，明珠饭店的所有财产冻结，你和家属三日内搬出饭店……"

法官的声音在空空的大厅内回荡……

钱鸣已是半醉，他重复着法官的话踉踉跄跄地往前走去：

"冻结、搬出去，冻结、搬出去……"

77. 钱鸣的卧室

猴脸和唐阿桂正在收拾东西。

唐阿桂气恼地骂着："反正我不跟他过了，能拿走的绝不给这个损驴留下！"

猴脸："哎呀我说你也真是，都几点了，再晚就走不了了！"

唐阿桂装完皮包，巡视了一下，目光落在了桌上儿子的照片上，她走过去欲拿，猴脸不悦地夺下镜框往桌上一放说：

"哎呀，把它留给那个倒霉蛋做伴吧！快走——！"

猴脸拎起皮箱抓住唐阿桂便朝外跑去……

空空的卧室。

只有照片上的钱柱望着这七零八落的房间憨笑着……

一只手抓起了镜框，镜头拉开——原来是钱鸣悲痛欲绝地对着遗像哭诉着："傻儿子，你看到了吧，你妈她也抛下我走啦，好儿子只有你还在陪着爸爸！可你为啥非要跑到池塘里去抓鱼，那是你去的地方吗？鱼没抓到，你也再没回来……爸也去找你，爸陪你去抓鱼……"

钱鸣有些恍惚地一步三摇地走出去……

78. 明珠饭店门前

颓废的钱鸣，毫无目的地走出饭店。此时，一辆崭新的皇冠轿车驶来停下，从车内走出潇洒的穿洋装的青年邱童。

邱童显然已认出了钱鸣，他手拎着皮箱走向正下台阶的钱鸣。

“钱老板，我给你送钱来了！”

钱鸣把邱童撇到一边，只管走自己的路：“什么钱不钱的，让我去抓鱼！”

邱童一把拉住他质问：“你不能走，当年你不是说让我拿25万元来才能带走阿翠吗？现在我已经把钱带来了，请你把阿翠交给我！”

钱鸣心头一颤，顿时想起了什么，马上打起精神，将邱童从头到脚瞅了个遍：“你就是那个痴情的画家邱先生？”

“没时间跟你废话，你已经让我在异国的土地上为了阿翠耗尽了几个春秋。现在该轮到你兑现条件了！”

钱鸣：“嘿嘿，好，难为你是这么个忠贞不移的情种。不过邱先生，阿翠如今可不比当年了，25万元恐怕难让我把她交给你了！”

邱童气愤地上前一把揪住钱鸣的衣领：“你这个恶棍，你想敲榨！好，算你有种，说，你要多少？说啊——！”

钱鸣瞥了一眼邱童那只精致的皮包，装出一副讨价还价的架势：“不多不少，40万元就可以！”

邱童甩手放开钱鸣的衣襟，“啪”地打开皮箱展示：

“这里面正好40万元，算我们成交了，现在你就把阿翠交出来！”

钱鸣正要去接钱，邱童啪地盖上皮箱认真地说：

“一手交人，一手交钱。”

“痛快！”

钱鸣十分得意地接着说：“不过阿翠现在不在本店，开上你的车，我们一起去找好了。”

小轿车在公路上疾驶……

79. 山坡上

紫罗山的山坡上，阿翠一身素装，在阿青的陪同下正朝山崖下的一个坟地走去。

阿翠边走边采集山坡上的黄色野菊花……

80. 公路上

邱童驾驶着汽车，飞快地行驶在通往紫罗山的山间公路上……

车内，钱鸣两眼斜视着邱童身边那只装钱的密码箱，心中暗自为自己的命运突然出现转机而庆幸。

（画外音）

钱鸣的心声：“鹿死谁手胜负未定，咱们走着瞧！”

“我要与紫罗兰大酒店决一雌雄！”

邱童侧过脸问：“她在什么地方？怎么还不到？”

钱鸣从沉默中苏醒，他歪下头朝窗外瞅了一眼：

“快了，快了！”

轿车又是一阵飞驶……

81. 坟地

坟地前，阿翠将怀中一束美丽的山菊花恭恭敬敬地献在坟头。

她与阿青静默致哀……

82. 公路上

在山间公路的拐弯处，邱童猛地踩住刹车板，轿车戛然而止。

邱童质问："你说，阿翠到底在什么地方？"

"兄弟，别着急嘛，我说快到了。这不，你看，就是那个地方！"

钱鸣趁邱童转头看时，突然抄起早已准备好的一把铁板子，猛地朝邱童的后脑勺砸去。

邱童顿时失去知觉，倒在方向盘上。丧心病狂的钱鸣将邱童从驾驶位上拉到一边，自己驾车。

轿车如箭一般在盘山公路上奔驰……

83. 坟地

阿青沮丧茫然的脸，仰视着高高的山崖。

阿翠伫立着，任风吹动她那素裙。

坟头上的小草在风中摇动……

84. 公路上

驾车的钱鸣在悬崖边刹车而下。他瞧瞧四处无人，把邱童那只装钱的皮箱拎出来，又把邱童拉出来，走到悬崖边将邱童扔进山谷。

他又将轿车推进山谷……

谷底发出一阵爆炸声……

钱鸣望着熊熊燃烧的汽车残骸，得意地离开现场。

85. 山崖下

阿青陪着阿翠往回来。

“阿翠快走吧，天要下雨啦！”两人加快脚步。

忽然，阿青指着前面惊叫道：“阿翠你看！”

原来是一个人倒在芭蕉树旁。

两人便跑过去。

阿翠发现正是自己日思夜想的邱童，便惊叫道：“邱哥？邱哥——！邱哥——！你醒醒，我是阿翠呀！”

她使劲摇晃着邱童……

她用力呼喊着邱童……鲜血从邱童的头上流下来。

阿翠撕下了自己衣裙上的一条布给邱童包扎头伤。

邱童渐渐地在呼叫声中睁开眼睛，发现自己躺在阿翠的怀里。

阿翠高兴地说：“邱哥，我是阿翠呀！”

邱童用力翕动了几下嘴唇，脸上露出一丝艰难的笑容，说：

“阿……翠，我……我总算见……见到你啦……”

阿青忙问：“邱先生，到底发生了什么事？！”

阿翠追问：“邱哥，这到底是怎么回事？！”

邱童吃力地断断续续地说：“是，是钱老板……抢走了钱……还对我……对我……”

邱童的话没有说完，便再也没有力气说话了。

“邱哥——？！”

“邱先生——？！”

阿翠和阿青拼命地叫喊，可邱童合上双眼，再也没有回答他们。

阿翠悲痛欲绝地狂喊着：

“邱哥——！”

这撕心裂肺的喊声响彻山谷。

天空骤然乌云密布。

一声炸雷。

一道闪电。

暴雨倾盆而至。

芭蕉树上的雨滴一串串地滴在草地上。

阿翠紧紧地抱着邱童，脸上的泪水与雨水交融在一起。

阿青肃立在一旁，满脸的悲哀。

主题歌《流泪的芭蕉叶》响起。

阿翠骑着骏马奔跑在雨中……

86. 利民客栈

雨，淅淅沥沥地下个不停。

夜色深浓。

在通往矿山的一个简陋的小客栈里。

老板阿福独斟独饮，老板娘肥肥胖胖的，人们都叫她“阿肥”。阿肥正在边点钱边算账，她抬起头像突然想起什么似的问：“哎，我说阿福，你该小心派出所来查店哟，楼上那个瘦猴跟那个女人又没结婚证，一包间就是几天，出了事别把咱这小庙给冲了。”

阿福把烟头一扔，眯着眼说：“冲不了，镇上离这儿几十里，那些‘老公’谁愿意一身水一身泥地摸到咱这小庙？我这些钱就是通行证！”

阿肥试探地问：“房钱你打算怎么算法？”

阿福：“哼！不能便宜了那猴子。你别看他身上没有几斤肉，口袋里装的可全是金山银海。听人说，这小子到紫罗山几年了，佤寨人挖的那些矿石挣的一半钱进了他的腰包。刚才还听他与几个矿主谈了几笔生意。如今紫罗山有几处富矿硐归他了，咱不敲他几个铜板敲谁呀！”

钱鸣拖着一副疲惫不堪的身子，带着几分惊慌的神色走进客栈。

阿福忙站起来问：“先生您是要？”

钱鸣冷冷地说：“住店。”

“咱这小店房费可高点儿……”

钱鸣把手中的皮箱往桌上一放，什么也没说，自己点支烟慢慢地吸着。

阿肥忙过来打圆场：“先生，您别在意，凡是屈尊到咱店来的，咱一定让顾客满意。先生瞧您这一身泥水，像从哪个鬼谷里跑来的吧？”

一句无意的玩笑使钱鸣紧张地站起来，他显得有些惊慌地四下望着。

阿肥忙不解地问：“先生，你找什么？”

钱鸣没有发现什么异样，忙掩饰地说：“啊，我，我看看有没有烤衣服的地方。”

“嘿，瞧你说的，待会儿我给您弄一套干的，您先换上，明儿个我把您的衣服揉巴揉巴！先生，我给您弄碗辣椒肉丝面，我看您有点着凉了！”

钱鸣点点头，阿肥进了厨房。

阿福笑容可掬地凑到钱鸣身边，将一杯水酒端过去，瞥了一眼那只精致的密码箱，轻声问道：“先生，您也是进山搬石头的？”

钱鸣一愣，没有回答，一口把酒灌进肚里后顺势点点头。

阿福恭维地说：“嘿嘿，看得出，您是连山都搬得动的腕儿！”

钱鸣心神已定，摆出阔老板的气派说：“不瞒店主，我是初次进紫罗山，听说这儿的石头成色不错，特地跑来想搬一方回去，还望多多指教。”

阿福一听来了情绪：“没说的，紫罗山这块地方哪条道宽，哪个地儿窄，哪块肥，哪块瘦，我阿福全都说得上来。就说搬石头吧，要是想最够分量，就得搬……”说到此处，阿福故意卖起关子。

钱鸣知道他什么意思，便打开皮箱，从中抽出几张钞票扔过去：“说，做什么？”

阿福笑逐颜开地收起钱，神秘地说：

“你就得吃山！”

钱鸣：“买矿？”

阿福点点头。

钱鸣：“那得多少本钱呀？”

“本大利也大呀！看得出你是城里人，你总知道你们城里什么最赚钱吧？什么炒房产、炒地皮、炒股票。咱们紫罗山最赚钱的腕儿也就数那些炒矿硐的人，屁股大的一个硐，转手炒几下就是好几十万哪！像你这样的大款，不吃山而去搬石头才傻呢！”钱鸣的心被说得火烧火燎的，忙追问：“要吃的话找谁呢？”

阿福点点头又拍拍胸脯：“我呀！”

“你？”

“对！我这小店虽说破破烂烂，可就像你们城里人说的，是信息开发部呐！嘿嘿……”

“这么说，你可以帮我找个卖主？”

“没问题。”

阿福诡秘地指指小竹楼上：“我这儿就有个主，他就是靠炒硐炒发的，这不前几天还从城里弄回了个娘们叫什么阿桂……”

钱鸣不禁一愣，脱口而出：“阿桂？”

阿福见对方脸色骤变，打住了话头问：

“先生，你认识？”

“啊，不不，我倒想认识认识，好做生意呀。”

“行行，我就把你安排在他俩隔壁！”

87. 客房

满桌的杯盘狼藉。瘦猴一只手举着酒杯，另外一只手搂着唐阿桂在嬉闹：“喝呀？再喝几杯。来，今朝有酒今朝醉，管他东西南北中！”

阿桂推让：“不嘛，我不能再喝了嘛！烦人！”

“怎么，我比那个钱鸣还烦人吗？啊？说呀？说呀！哈哈……”

这笑声传到了并不隔音的钱鸣房间内，他光着膀子，下身只穿个短裤，气得在房间里烦躁地来回踱步。

这时，隔壁房间又传出一阵淫笑：

“想不到你这个瘦猴还蛮有劲呢。”

“告诉你，这就是男人的功夫。”

又是一阵浪笑……

钱鸣的怒火已烧到脑门，他两眼冒火。

隔壁房间里。

瘦猴抱着阿桂在地上转圈，像是跳华尔兹似的。

门被钱鸣撞开，他举着一个竹棒，猛虎似的冲进来就朝瘦猴的后背打去！

“哎呀——”瘦猴疼得跌倒在地上。

“哎哟——”阿桂被摔在床上，疼得直叫。

瘦猴刚要发火，抬头一看是钱鸣凶神似的站在面前，忙跪地求饶：“钱大哥，有话好说，有话好说，千万别动真的！”

唐阿桂缩在床角，眼神惊恐，不知该如何是好。

钱鸣那只握住木棍的手由松变紧，耷拉下来。

“你说，你想怎么了断？！”

“大哥开恩，私了！私了好，私了好！”

瘦猴连连点头，乞求道：“我，我知道大哥你现在手头紧，我给您钱……”

瘦猴欲起身去取钱，却被钱鸣吓住：

“站住！”

“哎哎……”

钱鸣：“老子不缺钱！跪下！”

瘦猴忙又跪下：“是是，大哥是款爷，不缺钱，不缺钱。”

钱鸣：“现在有两条路任你挑，一条是还我老婆，在法院没有判之前她还是我的！”

瘦猴：“对对，是你的，是你的！”

钱鸣：“另一条是把紫罗山的那个富矿给我！”

瘦猴：“对对，给你给你。啊！不不，矿不能给你，不能给你！”

钱鸣双目圆睁，缓缓举起木棒叱问：

“你说什么？！”

这时，唐阿桂一下子扑到瘦猴的背上：

“你你把矿给他吧，啊，我们不是说下月就结婚吗？啊！”

钱鸣不屑地瞥了唐阿桂一眼，欲发作给她一棍，但是还是忍住了，厉声逼问道：“说，要矿还是要女人？！”

唐阿桂乞求瘦猴：“说，快说呀！你不是说爱我吗？！啊——”

瘦猴：“啊……要，都要，要……”

钱鸣火了：“妈的，净想美事，你到底要什么？！”

瘦猴见对方又要动手，赶忙抓住木棍。

“啊，不不，我要……”他一把搂住唐阿桂忙说，“矿，矿给你！”

唐阿桂心里掠过一丝安慰。

钱鸣感觉目的达到便说：“那好，矿么你明天就交给我！”

瘦猴忙说：“那不行，那不行。”

“嗯？怎么你想反悔？！”

瘦猴道出实情：“不是我不给，那个富矿有一半是我买下的，还有一半也就是40万股是佤寨的一位酋长的。”

“我不管，我要的是个矿硐，别人的那一半，你想办法帮我买下！”

瘦猴无奈地提议道：“那——我的股权归你，酋长那一半我约个时间你们再商议？”

“就约明天在这儿见面！”

“恐怕不行，那酋长我都没见过面，他是不会轻易下山的。你看等我进山见他手下的人后再定如何？”

“越快越好！”

“是是！”

钱鸣一把抓住唐阿桂对瘦猴说：“成交之前，这个得留在我身边！”

瘦猴不情愿地望着钱鸣和唐阿桂……

88. 紫罗山下

乌云密布的夜色下，不远处的山坳处亮着灯火。这是一间挖矿人住的简易工棚。

瘦猴带着钱鸣来到工棚前轻轻地叫门：

“嘿，有人吗？”

“谁？”里面的人问。

“我，猴哥！”

“噢！”门“吱嘎”一声开了，里面只有一位佤寨汉子。

瘦猴指指钱鸣，对那汉子说：“他就是要与酋长谈生意的钱先生。”

汉子瞥了一眼钱鸣，“嗯！”了一声，便对瘦猴说：“猴哥，你的任务完成了。”

“那，我就走了。”

钱鸣见汉子只管喝酒，并不理会他，便忍着性子问：“酋长在哪儿？我得见他。”

汉子没听到似的依然把酒贴到嘴边，喝了一大口之后，从腰里拿出一个黑疙瘩，那是城里的款爷们常用的“大哥大”。

“喂，他来了！”

大哥大里说：“带他来吧！”

“好！”

89. 山路上

野山道上。

疾风吹摇着草木，预示着一场雷雨即将来临。

佤寨汉子与拎着皮箱的钱鸣一前一后地走着，前者轻车熟路，后者三步两拐，异常费力。

钱鸣一个闪失，差点掉进沟里：“妈的，什么鬼路，你走慢点好不好？”

汉子耐着性子，稍稍放慢了些步子，两人一前一后地走着。

钱鸣显然对这又黑又难行的山路与原始方式的交易地点感到不满，边走边自语地发着牢骚：“见他妈的鬼，什么酋长，简直是中世纪的幽灵！”

他们继续朝前走着……

在一片显然是新动土的荒坡上，汉子站住了，对后面气喘嘘嘘赶来的钱鸣瓮声瓮气地说："到了，你等着。"

钱鸣像盼星星似的松了一口气，可是转眼他发现在这荒芜苍茫的山坡只剩下了他一个人孤零零地站着。

"喂，人哪？人哪？"钱鸣喊了起来，但除了令人心中发毛的疾风吹摇草木的声音外，便是山谷中传来的几声狼嚎。

朦朦胧胧见到前面有一个人影似的东西，钱鸣便摸着走近。

当他用手触摸时发现是块石碑，钱鸣觉得有些奇怪，掏出打火机从下往上照出四个字：墓——之——童——邱。

"邱童之墓？！"当他从上往下读时，不由大骇，连退数步。

在他神魂未定时，突然大风劲吹，瞬间一道雷光把邱童的新坟映得透亮。就在这时，钱鸣看到墓碑后的坟头上站着一个人，那人一动不动地站在那儿，直视着钱鸣。

"啊——！邱，邱先生？！"钱鸣惊得跌倒在地。

黑暗中，只听坟头的那人说："我——是——邱——童，邱——童——"那声音像出自真人之口，又像从坟墓中发出的。

"啊？！邱，邱先生，你，你是人，还是鬼？"钱鸣弄不清自己是在梦中还是在现实里，大汗淋漓。

"我是——邱童——，你抢了……我……的——阿翠，还——抢了——我——的——钱——"

坟头的影子依然在说着。

钱鸣不知如何是好，乞求着："我，我该死，是我害了你，害了阿翠。邱，邱先生，你饶了我吧！饶了我吧！"

坟头的影子说："我——饶——了——你，阿——翠——可饶——不——了你。"

钱鸣忙说："阿，阿翠好，她现在好着呢，当——当大董事长了！我没害她……”

坟头的影子：“你——还——说——没——把——她——害？看——来——临——到——阴——府——前——你——还——没——半——点——心——肺！”

钱鸣一听，赶忙磕头求饶：“我该死，我该死，是——是我害了阿翠！”他突然想起什么似的拿起扔在一旁的皮箱，“我把钱还你，把钱还你！阿翠就在紫罗山，你去找她。我，我不去了！”

坟头的影子问：“那——你——不——要——矿——了——也——不——想——见——酋——长——了？”

钱鸣：“我不见，我不见！”

坟头的影子：“他已——经——来——了，就——在——你——身后！”

“啊！”钱鸣刚一转身，又是一道映彻天地的闪电。闪电下，钱鸣看到一身洁白素装的阿翠屹立在他面前。“酋，酋长？！阿翠？是你，阿翠！求求你阿翠，别，别让邱先生带走我。”

失去理智与清醒的钱鸣跪在地上，爬向阿翠。可当他快要爬近时，洁白素装的阿翠又消失了。

又是一阵电闪雷鸣，钱鸣神志恍惚时，阿翠又一次出现在他面前。钱鸣彻底崩溃了，他一把泥一把草地爬着，叫喊着：“我要回家！我要回家！”突然，他发狂般地从地上跳起来，嘶声喊叫着，“我要回家——”然后疯狂地朝山下跑去，很快消失在夜色中。

后面坟头上影子的哈哈大笑声震颤在山谷中。

电闪雷鸣间，我们看到坟头上的影子卸下假发，原来他是阿青。

阿翠俯下身，满面泪水地将脸贴在邱童的墓碑上……

90．疯人院

单人病房里，钱鸣跪在角落里，目光呆滞。这时门开了，护士陪着阿翠走进来。

钱鸣怕见人似的双手抱头嚷着："墓之童邱，墓之童邱……"

阿翠见状，眼神怨恨凝重……

91．竹楼

阿青兴致勃勃地跑来喊："阿翠，阿翠——"

无人回答，阿青只好登上竹楼，推开门，房间依旧，但里面没有人。他又喊了几声："阿翠，阿翠——"仍无人应声。

这时，他才发现方桌上放着一封信，写着"阿青收"。

阿青展信。阿翠的画外音："阿青哥，我走了，到我应该去的地方，记住你千万不要来找我。这些年来你像亲哥哥一样关心我、疼我，我从心里感激你。我要告诉你我心里的一句话：在这个世上，我现在就你一个亲人、一个亲哥哥。这些年来我活得太累！我不想在山上那样活着。我走后，你也不要再去挖矿了，那矿是老天留给我们的宝，越挖会越少，我们不要再糟蹋了。你把邱童的40万元钱分给乡亲们，或者带领大家办个厂，安安稳稳地过日子吧。再见了，好哥哥……"

（与画外音配合的画面）

阿青疯狂地朝山坡上奔跑，呼喊着："阿翠——阿翠——！"

邱童坟头，放着一束鲜花……

阿妈坟头，放着一束鲜花……

远山的小道上，阿青奔跑的背影渐渐变小，越来越小……

"阿翠——阿翠——"喊声也越来越远……

此刻，响起主题歌《流泪的芭蕉叶》。

字幕。

演职员表。

（剧终）

本电视剧由沈阳影视艺术中心摄制

出版说明

何建明先生是中国文坛著名作家，长年坚守在报告文学一线。“非典”、汶川地震、天津大爆炸、利比亚撤侨等重大事件发生时，何建明先生都尽可能出现在第一时间、第一现场，将第一手材料及时地呈现给读者，将中国故事讲深、讲透、讲生动、讲精彩。他强烈的责任感和使命感让人感动，其直面真相、忠于现实的精神令人钦佩，是中国当代报告文学界极有影响力的领军人物。

有感于斯，我社特收录何建明先生近40年创作的报告文学作品，结集为《何建明文集》三十卷出版。这些作品是对时代、社会、自然和人文的记录、呈现与见证，是作者响应时代的召唤，置小我于大我之中，循着时代背景和社会需求而创作的，完整、真实地表现了社会各个层面人物的喜怒哀乐，代表了当代中国纪实文学、非虚构创作的高峰水平，大气磅礴、激情豪迈，极具胸怀和气量。其中多部作品获得鲁迅文学奖、国家图书奖、“五个一工程”奖、徐迟报告文学奖等。

每个时代都有自己的特征，每部作品都有自己的特点。为了全面展示何建明先生历时40年创作内容、使用语言和文学风格的变化，本文集对何先生已发表的所有作品原则上不做修饰和润色，除特殊情况外也不做大的删节和修改，以保证今天的结集出版，仍不失当年作品的激情和味道。